# 서툴지만 푸른 빛

* 이 도서의 국립중앙도서관 출판예정도서목록(CIP)은 서지정보유통지원시스템 홈페이지(http://seoji.nl.go.kr)와 국가자료공동목록시스템(http://www.nl.go.kr/kolis-net)에서 이용하실 수 있습니다. (CIP제어번호: CIP2019044212)

# 서툴지만 푸른 빛

안
수
향

Lik-it

당신의 여행은 어떤지 자주 묻고 싶어요.

모두에게서 다른 대답이 돌아오면 좋겠다고 생각해요.

... 차례 ......

오래된 가을 노래

...

노
르
웨
이

...

여름, 물과 공기의 언어

...

모
로
코,
필
리
핀

...

봄, 늦은 귀가

...

미
국,
부
산

...

겨울 섬

아
이
슬
란
드

## 꿈의 도중

남쪽에서 태어난 아이의 사유 속 가장 먼 끝은 북쪽이었다.

갈 수 있는 가장 먼 곳이 처음에는 동네 끝 놀이터였다가, 시간이 지나고 스스로 버스를 타고 부산이나 대구에도 혼자 갈 수 있게 되었다. 아이는 키도 마음도 점점 자라면서 서울도 강릉도 쉬이 갈 수 있게 되었고, 그러자 더 멀리를 바라보기 시작했다. 저 먼 북쪽, 그곳에선 매일 밤 북극광이 하늘을 수놓고 내가 좋아하는 하얀 눈도 실컷 볼 수 있다고 했다. 그 막연하고 아름다운 것들을 종합하는 이름이 '아이슬란드'라고 그가 말했다. 아이는 처음으로 꿈이라는 걸 꾸기 시작했다. 혹여 말하면 바람에 사라질까 아닌 척, 남몰래 애지중지하며 그렇게 십 년을.

나는 지금 오슬로 가르데모엔 공항에서 아이슬란드 레이캬비크로 가는 비행기를 기다리는 중이다. 한국에서부터 연착이 된 탓에 헬싱키에서 곧장 갈 길을 오슬로를 거쳐 가게 되었다. 덕분에 원 없이 비행기를 타게 생겼다. 아무렴, 도착만 하면 되는 거지. 쏟아지는 잠도 어깨에 내려앉은 노곤함도 견디는 마음이 아직 곁에 있다. 여기까지 오는 데 무려 십 년이 걸렸는데, 하

루쯤 더 늦어지는 건 괜찮다.

연착된 비행기처럼 나도 꽤 시간이 걸렸다. 갈 수 있는 세상 가장 끝까지 가면 무엇이 보일지, 혹은 그저 허무일지 아직은 모르겠다. 도망치고 싶어서 이곳까지 왔는지, 아니면 오래전부터 쌓인 나의 바람에 떠밀려 달리고 있는지. 마음의 실체도 두루뭉술하기만 하다. 다만 나는 이토록 생생한 꿈의 도중에 있다는 것이 아직 얼떨떨하고 생경하다. 태어나 처음 꾸었던 꿈이 전광판에서 내가 타야 할 항공편명으로 읽히고, 종이 티켓이 되어 나의 여정이 되고 있다. 이렇게 손끝 발끝까지 떨리도록 벅찬 마음을 감당해야 하는 일이라는 걸 아무도 내게 알려주지 않았다. 그도 나처럼 이랬을까. 뭉클하고 울컥했을까. 게이트가 열리고, 아이슬란드 레이캬비크행 비행기에 오르며 나는 이 끝에 무엇이 있는지 천천히 알고 싶다고 생각한다.

되도록 아주 천천히, 우리 걷기를. 꿈의 도중에서.

## 서툴지만 푸른 빛

아이슬란드에 있다. 여행 중이고, 혼자다.

　말동무도 없는 요즘은 여행이 무엇인지 스스로에게 묻는 일이 잦다. 부스스한 머리와 며칠째 입는 건지 기억도 나지 않는 이 낡은 청바지가 낭만으로 치환되는 일이기도 했고, 때때로 사막에서 느닷없이 쏟아지는 비를 맞는 일이기도 했다. 비행기 창가에서 바라보는 창문 너머의 하늘과 마지막으로 디뎠던 땅의 계절이, 그리고 내가 떠난 당신이 멀어진 만큼 되려 아름다워지는 일이기도 하겠다.

　여행은 온통 푸르다. 착륙 직전, 다가오는 이국의 풍경이 산란하는 빛이 되어 여행자의 심상으로 새겨질 때, 꿈이 필요 없던 백야 아래 작은 도미토리 침대 한 켠에서, 그리고 언젠가의 호숫가에서 그 빛을 맞닥뜨리곤 했다. 그때마다 나는 무진장 쏟아지는 이 총천연색의 싱싱한 기운에 기절할 것만 같았다. 이 푸르름을 못 견디겠다는 듯 꺅 소리를 내고 풀밭에 자지러져 이제껏 모아둔 웃음을 쏟아 내고 싶다. 그간 웃지 못할 일이 제법 많았으니 그냥 여기서 실컷 뒹굴며 영영 살아도 좋을 것이다.

그리고 끝이 있음을 생각한다. 영속하지 않는 단편적 행위의 끝에서 우리는 여행이라는 책의 마지막 페이지를 넘겨야만 하겠지. 여행을 또 다른 짧은 생이라 믿어 본다면 여행의 끝은 그 생의 소멸이라 해야 할까. 어느 날 갑자기 이틀, 사흘, 혹은 일주일, 한 달을 살다가 죽게 된다면 그 죽음 앞에서 우리는 진실로 솔직한 뭇웃음과 저녁 강물 앞에 내보인 흰한 진심들, 새로운 냄새와 언어에 보였던 그 놀라운 눈빛들을 허공에 던져 저 아래로, 아래로 매몰시켜야 할 것이다. 언젠가 변두리에 있던 또 다른 생의 죽음을 목도한 나는 그것이 몹시 서운하여 엉엉 울었다.

이번에는 80일이 조금 넘는 여행을 사는 중이다. 태어나 가장 긴 여행, 차창 밖에는 빙하였던 것들이 이제 막 '유빙'이라는 이름을 획득하며 호수에 파동을 일으키고 있다. 깨진 조각 사이로 오래되고 불안정하나 싱싱하고 선명한 푸른 빛들이 새어나와 퍼지며 풍경을 장악한다. 몇 번이고 나를 기절시킬 것만 같았던 그 서툴고 푸른 빛, 문득 나는 그 빛들이 오래전 우리가 매몰시켰던, 허공에 던져진 우리들의 눈빛일지도 모르겠다고 생각했다. 꼬깃꼬깃 접어 애써 묻어둔 당신들의 기억, 그래서 우리는 공동의 기억을 가진 채 종종 같은 지점에서 함께 울었는지도 모른다. 나는 이제 추억이라는 페이지의 귀퉁이를 접으며 여행이라는 책을 넘긴다. 당신과의 추억이 많아질수록, 그래서 묻어야 할 기억이 늘어날수록 나는 올해 십일월 어느 날에 또 앓도록 콱 울어버릴 것이다.

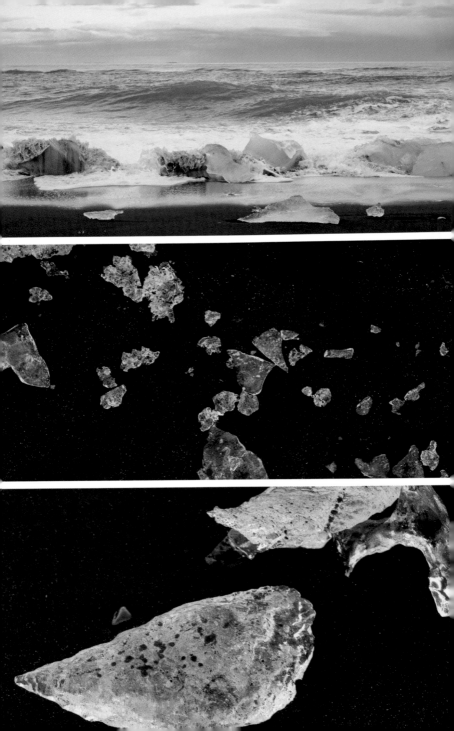

# 아무것도 없다

숙소 바로 밑 골목에는 샛노란 간판이 눈에 띄는 '보너스마트'
가 있다. 물가 높기로 악명 높은 아이슬란드에서 그나마 저렴하
게 장을 볼 수 있는 곳으로 여행자들 사이에서 유명하다. 적당
한 아침 시간, 숙소에서 체크아웃하기 전 마트에 들러 며칠 동
안 먹을 것을 잔뜩 샀다. 쇼핑백은 물과 초콜릿, 에너지바로 그
득하다. 솔직히 이건 생존을 위한 장보기에 가깝다. 왜 이렇게
유난이냐면 오늘부터 차로 본격적인 아이슬란드 일주에 나서
기 때문이다.

꽉 찬 장바구니와 짐을 차에 싣고 숙소를 나서며 호스트인
안나와 다시 돌아올 것처럼 인사를 나누었다. 그녀는 현재 내가
만난 아이슬란드인 중 가장 다정한 사람이다. 붉은 기가 도는
그녀의 머리카락에서 단 꽃향기가 풍겨왔다. 안나는 아이슬란
드에는 15분마다 바뀌는 날씨만큼 도통 알 수 없는 것들이 잔뜩
있으니 내 여행에도 예상 못 한 행운이 가득할지도 모른다고 포
옹하며 말했다. 공항에서 잃어버린 내 가방이 꼭 돌아오길 바란
다는 고마운 말도 함께. 그녀의 향기가 살짝 밴 내 뺨 언저리가

선물처럼 느껴졌다.

　그저 동쪽으로 갈 계획뿐이라고 하니, 이 동네를 떠나면 슈퍼는 물론이고 마을도 잘 없으니 슈퍼가 보이면 먹을 것을 사고 주유소가 나오면 꼭 주유를 하라고 신신당부했다. 아니, 거기엔 아무것도 없다고 했었나. 정확하지는 않지만 나는 이상하게도 그 말이 마음에 들어 슬쩍 마음에 새겼다. 그 말 덕분인지 자동차 엔진 소리 때문인지 운전대를 잡은 손이 무척 떨린다. 뒷좌석에는 보너스마트의 마스코트인 돼지 저금통 두 개가 빵빵해진 얼굴로 나란히 씩 웃고 있다.

　레이캬비크 시내를 벗어나 아무것도 없는 곳으로 가고 있다. 풍경은 시속 50킬로미터로 다가와 내가 지나온 곳을 향해 달린다. 길을 헤쳐갈 때마다 하늘은 도시의 조각들을 조금씩 잃었고 도무지 가진 게 없는 나는 더 이상 잃을 게 없다.

## 이름이 자리 잡는 시간

그의 이름은 토르. 고대 북유럽 신의 이름을 쓰는 그는 정말로 묠니르를 들 수 있을 것만 같다. 흔한 북유럽 남자 이름이라고 했다. 지금 그는 바트나이외쿠틀의 일부 지역인 스비나펠스이외쿠틀(Svínafellsjökull) 초급 빙하 트래킹 코스를 가이드하는 중이다.

나를 포함해 대략 열 명쯤 되는 인원이 안전 장구를 하고 살금살금 빙하의 가장자리에서부터 안쪽을 향해 걸었다. 토르는 우리가 빙하의 연약한 부분을 밟지 않도록 세심하고 기민하게 살폈고 굳이 묻지 않아도 종종 멈춰 내가 궁금했던 풍경의 이름들을 불러주었다. 무언가를 조심스레 주워 우리에게 내밀어 보여준다. 돌멩이다. 돌멩이가 초록색이다. 자세히 보니 위에 작고 푸른 이끼가 자라고 있다. 그는 이것이 마치 빙하 위를 기어다니는 쥐처럼 보여 '빙하 쥐(Glacier Mice)'라는 별명으로 불린다고 했다. '빙하 이끼(Glacier Moss)'보다 이 별명을 더 좋아한다고 덧붙인다. 토르는 이 갓난아기 주먹만 한 크기의 돌멩이 위에 이끼가 자리 잡는 데 족히 수십 년은 걸렸을 것이라고 했다. 문득 나는 각각 존재하던 것들이 어쩌다 저리 만나 다른 무엇이 되는 건지 몹시 궁금했다. 돌멩이는 '돌멩이'라는 이름 대신 다른 이름이 자신의 존재 위로 자라는 그 시간을 어떻게 인내하는 건지, 내 이름조차 가끔은 버거워 내려놓고 싶은 나로서는 그 겸허함을 아직 알지 못하기 때문이다. 미미한 나는 토르의 손바닥 위에 놓인 생을 감히 가늠할 수 없다. 그 대신, 태어나 지금껏 내 이름 석 자가 내게서 자리를 잡던 지난 시간을 헤아리기 시작했다. 그러다 문득 여행 전 가방에 욱여넣은 내 이름들을 떠올렸다.

이름, 내게 많은 이름이 있었다. 안수향이라는 이름보다 먼저 딸이었고, 언니였으며, 여자친구였다. 한때는 안 주임으로 불려 다니며 이리저리 치이기도 했고, 때론 그저 아르바이트생이기도 했다. 꽤 오래 생활이 곤궁했던 우리 가족의 처지 덕분에 나는 주로 친한 사람보다 처음 본 사람들에게 이름이 불리곤 했다. 그렇게 이름은 잔뜩 낡아버렸다. 아주 오래전 눈부셨을 오월, 아버지가 내게 볼을 비비며 안겨준 이름은 아름다운 향기 대신 고단한 세월만 껴안았다. 부모는 아이에게 이름을 심어주지만 이름이 뿌리를 내리기도 전에 아이가 부모의 품을 떠나기도 하는 것이다. 내가 그랬듯.

여행이란 참 이상하다. 전에 없던 마음을 먹게 한다. 돌멩이를 보고 있자니 이름과 이름을 불러주던 다정한 얼굴이 떠오르고, 이 연쇄에 무언가가 새롭게 관여하기 시작했다. 돌멩이 위로 이끼의 이름이 자라듯 나는 그 이름들이 다시 내 위에 자라도록 두고 싶다고 생각한다. 여행 한 번에 인생이 송두리째 바꾀지는 않지만 그래도 희박했던 긍정 한 송이 정도 피울 힘은 얻는다. 비록 지금은 아니더라도 훗날 아빠가 좋아하는 꽃향기가 내 이름 위에서 피어났으면 좋겠다고 내려오는 내내 토르의 뒷모습을 보며 생각했다.

## 단어만 남은

여행이란 무엇이고 나는 왜 늘 떠나는 쪽인지 묻게 된다. 답 없이 돌아온 적이 많다. 허무한 적도 많다. 그래도 이제 아주 조금은 알 것 같다. 여행에서 얻은 몇몇 낱말들이 사실은 우리 인생에 관한 서술에 함께 쓰일 말이라는 걸. 여행은 생의 은유이자 시이며 철학이고 기도, 다른 이를 빗대어 나를 보는 일이다. 그래서 그저 사진 몇 장만 남은 여행은 어쩌면 당신을 떠나는 일보다 슬픈 일이었다.

# 예술이 뭔지도 모르면서

아티스트라는 낯간지러운 이름으로 두 달을 지내게 됐다. 꿈만
큼 커다란 짐 가방을 메고 온 타국의 친구들과 함께. 하얗고 아
늑한 아이슬란드의 어느 시골집에서. "안녕, 내 이름은 수향이
고 한국에서 왔어"라고 애써 떨지 않는 척 손 내밀어 인사를 나
누던 그날 오후는 그렇게 고대하던 아이슬란드에서 몇 달을 지
낼 수 있게 되어 설레는 마음과 혼자여서 두려운 마음이 내 안
에서 치열하게 세력을 다투고 있었다. 아티스트 레지던시. 말
그대로 아티스트들이 머물 수 있는 거주 공간이다. 웹 서핑을
하다가 우연히 이러한 형태의 숙소가 존재한다는 사실을 알게
되었고, 나는 쾌재를 불렀다. 뉴욕이나 파리, 상하이 등 세계 곳
곳에서 다양한 형태로 운영되고 있는 아티스트 레지던스는 자
금이 풍족한 기업에서 후원해 들어가기만 한다면 무려 체류비
와 활동비도 지원받을 수 있다. 물론 유명한 아티스트 레지던시
는 재능이 탁월한 소수의 아티스트들에게만 해당되는 이야기
다. 대부분의 아티스트 레지던시는 숙소 컨디션이 굉장히 좋은

편인 데다 거주에 필요한 비용을 굉장히 저렴하게 제공하고 있다. 아티스트로서의 활동 이력과 작업 노트를 담당자에게 제출하고 거주 기간을 협의한 다음 확정 메일을 받으면 작업에 필요한 레퍼런스와 작업실도 제공받을 수 있다.

내가 머무를 스카가스트론드는 정말 작은 마을이다. 도시로 나가는 버스가 하루 한 편밖에 없을 정도니. 산책 몇 번 하면 마을 사람들의 얼굴을 다 외울 수 있을 만큼 작은 이 마을에 아티스트 레지던시가 있다는 사실이 새삼 놀랍다. 그래도 아이슬란드에서 가장 활발하게 운영되고 있는 아티스트 레지던시 중 한 곳이고 무려 십 년째 운영 중이라고 한다. 이곳엔 총 세 채의 숙소가 있는데 내가 지내는 숙소에서부터 마을 중심에 있는 작업실까지는 천천히 걸어서 5분 정도가 걸린다고 한다. 배정받은 방에 짐을 대충 넣어두고 한 집을 쓰게 된 토마스, 수잔과 함께 마을도 구경할 겸 걸어서 작업실에 가보기로 했다. 날씨가 좋다는 둥 오는 길에 무엇을 보았다는 둥 사소한 이야기를 나누며 걷는 길 오른편엔 바람을 실은 아이슬란드의 검은 바다가 검은 해변 쪽으로 한창 밀려오는 중이다. 집 몇 채를 지나고, 주유소와 슈퍼마켓을 거쳐 작업실로 가는 길 도처에는 이곳을 거쳐 간 아티스트들의 흔적이 남아 있다. 버려진 고철을 이용해 만든 오래된 작품은 바닷바람에 풍화되어 이곳 사람들의 일상을 덮는 공기가 되고 있었다.

이곳에 도착하고 꼬박 십여 일을 앓았다. 아픈 몸 때문인지, 오래 도시에 적응한 마음 때문인지, 마냥 즐거울 줄만 알았던 시골 생활도 벌써 지루해지기 시작했다. 무엇보다도 예술가로 지내는 일이 마냥 기껍지 않은 탓일 거다.

나는 지금 예술가로서의 자신에 대해 무척 박하게 굴고 있다. 외식산업경영학을 전공했고 예술가가 되기 위한 전문적인 교육을 이수하지 못했다는 이유다. 자꾸 예술가들 사이에서 주눅이 든다. 어릴 적부터 카메라로 무언가를 담고 도서관에서 사진집이나 그림을 들춰 보는 게 무척 좋았지만, 글로 내 여행을 엮어 지면으로 내보내는 지금도 글은 아직도 어렵고 부끄럽다. 돌이켜 보니 궁금한 것들이 생길 때마다 책을 뒤적거리고 누군가에게 묻던 일이 내 예술 공부의 전부였다. "나는 글을 쓰고 사진을 찍는 것 두 가지를 일로 하고 있는데, 여행은 내 영감의 원천이고 수행이야. 내가 좋아하는 아이슬란드에서 많은 장면과 마음을 마주하고 싶어"라는 내 자기소개가 사실은 덧대어진 바람이라는 걸 다른 친구들에게 들킬까 봐 점점 불안해진다. 함께 지내는 친구들은 매일 붓을 들거나 무언가를 뚝딱 만들어 낸다. 멋진 작품들이 작업실 벽에 날마다 하나씩 걸리고 있다. 오직 내 작업대만 깨끗하다. 우중충한 아이슬란드의 날씨만큼 예상과는 다른 마음의 장면들을 마주하며 나는 수시로 당혹스러웠다. 난생 처음으로 무언가를 생산하는 일이 어렵게 느껴지기 시작했다.

'외로움은 나와 타인, 그리고 고독은 나와 나의 관계에서 비롯된다'라는 말을 좋아한다. 그런 점에서 최근 아이슬란드에서 마주한 감정들은 고독에 가깝다. 마치 내가 나를 보는 듯 창밖 풍경은 친숙하면서도 낯설고 귀찮으면서도 애틋하다. 혼자 트레일을 산책하고 거실에 앉아 커피를 마시며 바깥을 보는 시간이 늘수록 점점 더 나는 불편하고 고독해졌다. 그러다 어느 날 아침 문득, 자꾸 떠오르는 불편한 마음들이 사실은 내가 이곳에서 얻을 수 있는 재료가 아닐까 하는 생각을 한다. 머리맡에서 낚아챈 생각이 기어이 무거운 몸을 일으킨다. 요 며칠은 작업실에 갈 엄두가 나지 않아 드라마를 보거나 게임을 하며 게으름을 부리던 참이었다. 오늘은 무조건 작업실에 가야겠다고 생각했다.

뭉뚱그려진 마음을 하나씩 해체해 마땅한 이름을 지어주는 일이 아이슬란드에서의 내 몫이라는 생각을 한 그날 이후부터 나는 생산을 시작했다. 처음으로 가족에 대한 마음을 마주하고 글로 옮기기 시작했다. 그리고 세월에 묻어둔 외로움과 고독의 원천들을 이곳 풍경에 빗대어 바라보고 사진으로 담았다. 스카가스트론드의 풍경은 외로움이나 고독과 제법 닿아 있으니 한동안 작업은 수월할 것이다. 아직도 예술이 무엇인지는 잘 모르겠다. 그저 마음이라는 것은 묻어둔다고 영영 사라지는 것이 아니며 오래 외면할수록 되려 뿌리가 더 단단해진다는 것, 그리고 누구나 살며 한 번쯤 이런 감당키 어려운 마음을 쏟아낼 필요가 있다는 걸 이제 조금 알겠다. 할 수 있는 한 가장 영민하고 치밀하게, 완벽하고자 하는 노력을 곁들여서.

스카가스트론드, 여전히 이곳은 우중충하고 날것 그대로의 바람이 종일 분다. 하루 두어 번, 예술가가 되고 싶은 한 젊은이가 작업실로 향한 서툰 길을 바삐 걷고 있다. 예술이 뭔지도 모르면서.

## 고마워요, 거기 행복한 사람

스카가스트론드에서 지내는 동안 하루 한두 번 산책을 한다. 거의 매일 비나 눈이 내리지만 잠깐 내리다가 마는 정도라 창밖을 보고 내키면 나서는 식이다. 할 일 없는 동네에서 그나마 산책이 낙이다. 금방 질려버릴까 겁이 나서, 한 번은 곶을 따라 낸 오솔길을 걷고 한 번은 위쪽 해변을 걸으며 나름의 산책 품질관리를 하고 있다.

몇 주 지내며 느낀 사실인데, 평화로운 아이슬란드에서 쾌락이란 금요일에 초콜릿을 잔뜩 사 먹고 늦잠을 자거나 스포츠카를 타고 제한속도가 50킬로미터인 마을 근처 도로를 55에서 60 정도로 밟으며 달리는 일을 의미한다. 딱히 할 일이 없어 음악을 했다는 아이슬란드 뮤지션들의 말이 이제야 진심으로 와닿는다. 요한 요한손(Jóhann Jóhannsson), 시규어 로스(Sigur Rós), 아우스게일(Ásgeir), 오브몬스터스앤맨(Of Monsters and Men), 올라퍼 아르날즈(Olafur Arnalds)…… 당신들의 위대한 음악이 이토록 몸서리 날 정도의 심심함과 고요 속에서 피어난 것이었구나. 다시 한번 경의를 표한다.

이른 점심밥을 먹고 카메라를 들고 산책에 나선다. 하늘은 오래간만에 맑음, 이번엔 바닷가로 갈 차례다. 딱히 이름을 지어줄 만큼 대단한 것이 아니라 여기는 건지 다들 '위쪽 해변'이라고 부르는 곳. 이곳에서 누군가와 마주친 적은 한 번도 없다. 그런데 오늘은 방문자가 나 말고도 있는 모양이다. 멀리서부터 차 한 대가 보인다. 위쪽 숙소 근처에 사는 할머니와 손주들이다. 종종 슈퍼마켓에서 장을 보다가 마주치곤 했던 터라 반가운 마음에 손을 흔들며 인사했다. 이야기를 나누는 것은 처음이다. 날이 맑아 나들이를 나왔단다. 간조가 한창인 바다는 보름을 이유로 뭍에서 훌쩍 더 멀어졌다. 그 덕에 해변은 아이들이 발을 담가도 고만고만하다. 장화로 갈아 신은 아이들은 할머니의 허락이 떨어지자마자 잠금 해제가 된 휴대폰 화면처럼 바다를 열고 들어가 무한해진다.

처음 바다를 봤을 때 어떤 표정을 지었던가 궁금할 때 저 표정을 떠올려야겠다고 결심할 정도로 아름다운 장면이었다. 할머니에게 허락을 구하고 아이들에게 사진을 찍어주겠다고 했다. 아이들은 이렇게 큰 카메라는 처음 본다며 더 신이 났다. 누군가가 가르쳐준 것이라면 절대 지을 수 없을 표정을 잔뜩 지으며, 내 얼굴 앞의 수줍음을 훅훅 뚫고 다가와 어느새 옆에 있다. 봄에 싹이 나듯 콩콩, 공기마저 뚫을 기세로.

첫째가 내게 아이슬란드어를 할 줄 아느냐고 묻는다. 미안해하며 나는 잘 못한다고 했다. 그러자 의젓하게 걱정하지 말라고 말한다. 자신이 요즘 학교에서 영어를 배우고 있으니 앞

으로 우리의 소통에는 전혀 문제가 없을 거란다. 나는 무척 흐
뭇하고 기특해서 웃으며 고맙다고 했다. 영어를 잘 한다는 칭
찬도 곁들여서. 신이 난 아이들은 다시 첨벙첨벙 바다를 딛고
자라는 중이다. 별일 없던 하루에 불쑥 나타난 이들 덕분에 나
도 괜스레 들뜨는 오후, 내내 비어 있던 원고지에 써야 할 낱말
들이 문득 떠올라 바빠지는 마음, 나는 이 장면에 감격했다. 어
느덧 아이들은 할머니와 함께 집으로 돌아갈 채비를 한다.

　새까만 눈빛을 가진 한 이방인에게 당신들이 멋진 마음을
선물해줬다. 좋은 하루 보내길. 다음에 또다시 만나길. 내가 만
난 아이슬란드에서 가장 행복한 표정을 짓는 사람들.

## 아델라

아델라는 크로아티아에서 온 안무가다.

보름이 다가오던 구월 하순 어느 날, 스카가스트론드 바닷가에 저녁이 스밀 때 그녀의 작품은 시작되었다. 인어에 관한 이야기다. 아델라의 눈꺼풀이 찬찬히 감기자 저녁 공기는 이야기 속의 계절로 바뀌어 갔다. 다시 열린 그녀의 눈동자 속에 아이슬란드의 깊은 바다가 있다. 언덕, 손 그물과 꽃잎 같은 비늘의 흩어짐, 눈빛과 숨, 트이는 것. 그저 사담인 줄 알았던 이야기는 아이슬란드 《에다(Edda)》 속 한 페이지의 전설로 재탄생한다. 눈물 몇 방울이 페이지에 마침표를 찍는다. 그 여백 사이로, 그녀의 눈동자로 오래된 푸른 바다가 쏟아진다. 이토록 아름다운 바다를 나는 본 적 없다. 아델라의 그 바다에서 오래도록 있고 싶었다.

# 우리는 사리를 겪는 바다처럼

달을 두고

당신을 아끼겠다 약속했으니

우리 시간은 음력으로 세기로 해

우리는 사리*를 겪는 바다처럼

때로는 마음이 벅차도록 만월을 살고

그믐밤 파도를 아슬히 걸을 때도 있을 테지만

조금**의 바다처럼 대부분은 당신과 내가 안기기도 하고 안

아주기도 하며

우리는 살자, 그렇게 살자

묵묵한 달 같이 바다 같이

순류하는 마음으로


오래오래


* 사리: 조수 간만의 차이가 가장 높은 때. 그믐과 보름 무렵.
** 조금: 조수 간만의 차이가 가장 낮을 때. 상현이거나 하현이 된다.

# 빙산

십 년을 마음먹었던 여행을 한 뒤로 또 어쩌다 여행을 일로 하고 있다. 감사한 일이다. 큰돈은 되지 않지만, 아니 되려 돈을 쓰며 일을 하고 있지만, 감사한 이유 중 하나는 여행을 하며 '바다'라는 낱말을 여러 아름다운 언어로 배우고 있다는 것이다. 내가 참 좋아하는 바다, 사랑하는 바다. 바다는 계절이 바뀐 풍경처럼 모습을 달리하며 그곳의 언어들을 흠뻑 머금는다. 이곳 아이슬란드의 바다 위에는 '바이킹'도 있고 '빙하'도 있고 '검다'는 말도 있다. 어떤 모습이든 바다는 바다가 아닌 적이 없었고 어떤 말을 끼얹든 그 아름다운 본질은 변하지 않았다.

시장님이 배를 한 척 빌렸단다. 가까운 바다에 빙산 하나가 떠내려왔기 때문이다. 이들에게도 빙산이 떠내려오는 일은 흔하지 않아서 누군가가 발견하면 곧장 뉴스에 제보한다. 감사하게도 지금 아티스트 레지던시에 머무는 사람들을 위해 시장님이 빙산을 가까이서 볼 수 있는 기회를 마련해주셨다. 그림쇠섬으로 짧은 여행을 떠난 토마스를 아쉬워하며 나는 수잔과 함께 아침 일찍 배가 있는 정박장으로 향했다. 배 위에서 다 함께

기념사진도 찍고 안전 장구를 착용한 뒤 출항을 기다렸다.

마을을 뒤로하고 배는 한참을 달린다. 조금 춥고 지루해질 때쯤 멀리 새하얀 무엇 하나가 시야에 들어온다. 빙산이다. 아직 엄지손가락만 하다. 에계, 생각보다 작다. 곧 그 생각이 무안해질 만큼 배는 빙산을 향해 한참을 더 가야만 했다. 빙산은 말 그대로 산이었다. 믿을 수 없겠지만 정말로 아파트만 했다. 고개를 한참 젖혀 까마득한 꼭대기를 보는 우리를 비웃듯 새들이 주변을 헤집고 다닌다. 혹여나 빙산이 무너질 수도 있으니 적당한 거리를 두고 배의 시동을 껐다. 엔진 소리가 사라진 바다는 감탄만 그득했다.

북극의 오래된 공기를 머금은 빙산은 옅은 파란 빛을 띠었다. 북극에서 이곳을 향해 떠내려오며 마주했을 바람과 파도의 거친 모양들이 빙산의 겉 곳곳에 남아 있었다. 순탄치 않았던 모양이다. 찢긴 듯한 무늬도 보인다. 그 빛과 모양이 무척 고결하다고 생각했다. 그리고 빙하에서 떨어진 조각의 이름으로 불리게 되었음을 안타까워했다. 바다였다가, 공기였다가, 오랜 겨울이었다가, 빙하였던 것은 이제 곧 다시 공기가 되고 바다가 될 것이다. 모양을 달리해온 바다는 지금 잠시 빙산의 이름을 빌려 우리 앞에 섰다. 마치 이별을 준비하려는 듯, 묵묵하나 불안한 눈빛. 바다의 이런 모습을 나는 처음 본다.

배를 돌려 다시 빙산에서 멀어지기로 했다. 엔진 소리가 애틋한 마음을 누른다. 그런데 잠시 후 거짓말처럼 빙산의 일부가 무너져 내린다. 아주 천천히. 놀란 선장이 배를 멈췄고 우리는

다시 갑판으로 나왔다. 우웅우웅, 바다가 되어 사라질 쏟아져 내린 조각들을 애도하는 듯 물 아래에서 깊고 낮은 신음이 들린 다. 바다의 사태는 새하얗고 고요했다. 나는 그것이 꼭 누군가 와의 이별 같아서 숙소로 돌아가는 내내 앓아야 했다. 이번에 배운 바다는 무척 슬픈 단어였다.

\\\

## 예술 안쪽

케린은 그를 설명하며 '졸업생'이라는 표현을 사용했다. 그의 이름은 드류 크라스너(Drew Krasner), 뉴욕 브루클린을 기반으로 활동하는 재즈작곡가이자 40명으로 구성된 빅밴드를 이끄는 리더다. 그는 몇 년 전 이 아티스트 레지던시에 머물렀다고 한다. 매니저 케린은 공지 메일로, '아파트먼트 세션스(Apartment Sessions)'라는 프로젝트의 음반 제작을 위해 드류와 밴드 멤버 모두가 스카가스트론드를 방문할 예정이고, 특히 아이슬란드 전역에서 이루어질 레코딩 작업을 이곳 교회에서도 할 예정이니 그들의 음악을 듣고 싶은 사람은 언제든 교회로 가면 된다고 알려왔다.

그날, 백발이 무척 아름다운 70대 독일인 아티스트 에블린과 함께 교회 2층 의자에 자리를 잡고 오후 내내 그들의 레코딩 작업을 지켜보았다. 40명이나 되는 재즈 빅밴드의 공연을 아이슬란드에서 보게 될 줄은 꿈에도 몰랐다. 그것도 교회 안에서 말이다. 그들은 폭포 밑에서 녹음을 하기도 하고 용암대지나 거리에서도 연주하며 기록했다고 한다. 특히 이 교회는 드류가 이곳에 머물 때 영감을 얻었던 곳이었다고 한다. 밴드가 도착한 그날 케린은 그들을 환영하며 스카가스트론드의 인구가 오늘 폭발적으로 증가했다는 농담을 했다. 스카가스트론드의 인구는 대략 470명 정도다. 이 작은 도시에 뉴욕 음악가들이 연주를 하러 왔다는 사실은 굉장한 이벤트다. 스튜디오에서 작업하던 우리는 오후가 되자 하나둘 교회로 자리를 옮기기 시작했다. 저녁이 되자 일과를 마친 동네 사람들도 가족들과 함께 교회 의자에 자리를 잡았다. 정통 재즈 연주곡 외에 아카펠라 곡도 있었는데 교회의 스테인드글라스와 웅장한 공간을 통해 울리는 음들이 황홀하게 섞였다. 드류는 아이슬란드에서 받은 영감을 스스로 발전시켜 다시 그곳에 돌려주는 중이었다. 굉장히 고귀하고 아름다운 작업이라고 생각했다. 영어를 거의 하지 못하는 에블린은 행복하고 뭉클한 표정을 지으며 내게 몇 번을 속삭였다. 말을 이해하지 못해도 나는 다 알 수 있었다. 그 표정들마저 드류의 예술 안쪽이었다.

공연이 끝나자 밖에는 비가 내리기 시작했다. 교회에서 2분 거리의 빅하우스에 지내는 에블린은 우산이 없어 당황했다. 마침 우산이 있던 나는 에블린을 데려다주었다. 그녀는 또 나긋한 독일어로 내게 말을 했다. 역시 무슨 말인지 알 수는 없지만 고맙다는 뜻일 테다. 저녁 인사를 나누고 나는 10분 거리의 숙소로 빠른 걸음을 걸었다. 마을 곳곳에는 버려진 것들을 활용한 예술 작품들이 떠난 아티스트 대신 서 있었다. 밤에는 비바람이 제법 불 듯했다. 날씨마저 예술인 하루였다.

## 늦은 대답

아무것도 없는 곳에 왜 가느냐고 언젠가 당신이 물었다. 나는 답하지 못했다. 알지 못했기에. 대체 왜 바람과 돌무더기밖에 없는 공허와 허무 속에서 함부로 주저앉아 마음 놓을 수 있을까.

시월 어느 날에 눈 덮인 산 앞에서 꼴각대며 하얗게 울어버린 적이 있다. 눈발이 제법 거센 탓에 흠뻑 젖어버린 나는 그만 녹아 사라져도 이상하지 않겠다고 생각했다. 머리가 젖고 발이 얼고 언어도 사라진 나는, 오래전 당신 물음의 대답 같은 장면을 목도했다.

하얀 눈산 아래 내가 있었다. 내가 소홀했던 내가. 내가 버렸던 내가. 잃은 줄 알았던 내가. 온통 내가 있어서, 나는 그들이 사라질 때까지 마주하고 염려하고 토닥였다. 외면하면 또 마주하게 될 테니까. 내가 모르는 곳에서 또 나를 아프게 할 테니까.

나는 나를 그토록 만나고 싶었나 보다. 타인들이 사라진 세계 속에서, 당신의 질문도 희미해지는 계절 너머에서. 이제야 나는 늦은 대답을 보낸다. 언제 전해질지 모르겠지만. 진심과 감사와 쓸쓸함을 담아서.

## 긴 호흡, 사이

당신은 호흡이 무척 긴 사람이라,

아직 들숨을 쉬는 중이고, 그래서 마음이 가쁘고 때로는 불안할지도 몰라.

이제 곧 깊었던 날숨을 내쉬며 가볍고 기쁘게,

다가올 많은 것들을 받아들이게 될 거야.

그때 분명 스스로를 자랑스럽게 여기게 될 거야, 틀림없이.

내가 당신을 그리 여기듯이.

오래된 가을 노래

노르웨이

\\\

# E10, 북극의 시

E10, 스웨덴에서 태어나 북쪽으로, 더 북쪽으로 향하다가 노르웨이 국경을 넘고 몇 개의 도시를 살다가는 이름. 길은 험준하기 짝이 없는 구불구불 산모퉁이 곁길을 걷기도 하고, 섬과 섬 사이 놓인 바다를 경쾌하게 건너기도 하며 성실하게 이어진다고 누군가가 그랬다. 그 길의 단편에 급작스레 닿았던 여느 봄, 노르웨이 이브네스 공항에서 시작된 내 생애 가장 북쪽에 닿았던 이야기.

로포텐제도는 노르웨이 트롬스주 인근의 섬들을 아울러 칭하는 이름이다. 모든 지역이 북위 66도 33분 이북에 속해 있는 북극권. 대구 잡이가 유명하고 백야와 오로라가 번갈아 계절을 나누는 곳이다. 노르웨이 사람들도 막연하게 떠올리는 어디 즈음의 외딴 이름들은 한국인인 내게 낯설기만 하다. '어디가 좋더라', '거기에선 뭘 먹어봐야 해'라는 식의 이야기들이 전무하니 그저 가볼 수밖에 없는 여행. 이브네스 공항에서부터 로포텐의 끝을 상징하는 오(Å) 마을까지의 여정은 렌터카의 액셀을 밟고 E10도로의 생을 밀고 가는 용기를 전제해야 한다.

오늘의 일정은 차를 몰아 숙소가 있는 발스타드(Ballstad)까지 가는 것. 하루가 기니 서두를 필요는 없다. 참고로 지금 같은 오월에는 새벽 1시나 되어야 해가 진다. 곧 백야가 시작될 것이다. 새하얀 설산이 푸른 호수로 이어지는 길. 계절은 달리는 차창으로 겨울이었다가 한겨울이었다가 이내 봄이 되어 부서진다. 시속 50킬로미터로 다가오는 로포텐의 풍경은 모든 것이 처음인 내겐 그저 생경하기만 하다. 무척 아름다운 속도와 감상으로 풍경은 도로를 따라 몇몇 단어가 되어 흩어지고 끝내 이어진다.

길을 따라 곧장 숙소로 가는 단순한 일정이지만 로포텐의 풍경이 나를 가만둘 리 없다. 차를 멈춰야만 했던 무수한 풍경 덕분에 3시간 반 정도면 충분했던 거리를 결국 7시간 만에 도착했다. 꽤 유명한 스쿠버다이버이기도 한 숙소 주인은 바로 옆에 있는 자신의 다이빙 숍에서 업무를 보고 있을 테니 언제든 체크인하라며 현관 비밀번호와 방 번호를 문자메시지로 보내주었다. 알려준 대로 비밀번호를 누르고 2층에 있는 방으로 올라가 로포텐에서의 첫 내 공간을 누려본다. 침대 머리맡에는 로포텐의 푸른 바다가 창문을 사이에 두고 있다. '낭만적'이라는 단어는 별로 좋아하지 않지만 그 말 외에 또 어떤 말로 표현을 할 수 있을까. 그러나 시장기가 돈다. 낭만은 잠시 미뤄두자.

여행지에서의 기억은 잠을 자고 무언가를 먹는 일로부터 시작되고 맺는다고 믿는 나는 현지 슈퍼에 들러 장을 보고, 숙소에서 직접 식사를 만들어 먹는 행위를 사랑한다. 그래서 일부러

\\\

조리 공간이 있는 숙소를 챙기는 편이다. 동네 사람들과 부대끼며 손수 고르고, 계산대에서 점원과 인사를 나누며 구입한 재료로 만든 밥은 호사스럽지는 않지만 좋은 반찬을 함께 먹는 기분이 들게 하니까. 로포텐에 오지 않았다면 평생 알 리 없는 노르웨이 북단의 마을 발스타드에서 나는 토마토를 손질하고 물을 끓이고 향신료를 끼얹는다. 이제껏 수없이 반복했던 행동들이 단지 내가 다른 곳에 있다는 사실만으로 유의미가 되는 순간이 좋다. 기분이 날아갈 것 같다.

메뉴는 따뜻한 스프와 파스타. 요리라고 하기에는 너무 간단한 수준이지만 숙소에 머물렀던 여행자들이 다음 여행자에게 전해준 각종 진귀한 식료품과 소스 덕분에 근사해졌다. 커피를 내리는 동안 식탁에 올려둔 파스타 옆으로 해가 길게 늘어진다. 오늘 남은 일정은 파스타를 맛있게 먹고 이 숙소를 마음껏 즐기기. 나는 오면서 보았던 길 위의 풍경과 지금의 이 기분을 숟가락에 올리며 생애 최북단에서의 일정을 성실히 소화하는 중이다. 가령 슈퍼 계산대에서 봉투에 담다가 그만 데굴데굴 굴러가 버리는 사과 한 알을 붙잡은 계산원 아저씨가 '도망가는 녀석을 잡았어!'라고 나에게 뿌듯하게 웃어주었던 일을 다시 떠올리며 피식, 미소를 짓는 일이라던가.

## 노던라이츠

온 우주가 나를 위해 쏟아지는 밤에는
흔들리지 않는 것이 도무지 없다.
쉽게 기뻐하거나 금세 슬퍼하는 사람이 되지 말아야지
생각했는데
왜 그러고 싶은지 이유를 잊어버렸다.
바다가 파도를 잉태하고
내가 당신을 마음에 품던 밤
온통 살아 있는 것들이 쉬이 흔들리며
저 빛이 내 것이라 고함치던 밤이었다.
기뻐서. 살아 있는 것이 몹시 기뻐서.

\\\

이름에게

바다로 난 길섶마다 당신의 이름이 흔들린다.

따라 흔들릴 법도 하였으나 그때와 달리 내 마음은 더 무거워졌고

당신의 이름은 내게서 더 빨리 달아난다.

## 나를 멀리 가게 하는 사람에게

새벽 4시, 바다.

북유럽의 하늘은 도무지 종잡을 수가 없다. 오로라를 기다리다가, 아주 영영 기다릴 것처럼 기다리다가, 차에서 바다 쪽으로 얼굴을 둔 채 까무룩 잠이 들었다. 새벽녘 어스름엔 북쪽의 온갖 것들을 품은 바람이 차창 밖을 다녀갔다. 파도가 이에 질세라 격앙하던 수선스러운 밤. 하필이면 나는 그 곁에 또 당신 꿈을 꾼다. 꿈속의 우리는 오래전 풍경이다. 여전히 당신은 다정한 사람이고 나는 그러했던 시절이 무척 오래된 줄 알면서도 오래된 우리를 믿으려 꿈결을 놓지 못한다. 이 온기를 지금이라도 다시 안을 수 있을 것이라는 바보 같은 착각도 했다.

다정한 순간에 끝나는 꿈은 잔인하다. 바람은 끝없는 냉소를 보내고, 야속히 아침이 오는 소리가 산 너머로 들린다. 당신은 여전히 내게 달고 쓰며, 앞으로도 다정하고 잔인한 사람일 테다. 아침을 깨닫는다. 7시간 너머의 달고 쓴 당신아. 나를 자꾸만 더 멀리 가게 하는 사람아. 나는 아직 바다 쪽으로 둔 얼굴이 무거워 한참을 돌릴 수가 없다. 늘 여행은, 당신은 여전하고

\\\

내가 당신에게서 멀어지는 일일 텐데 나는 아직도 내가 아닌 당
신 탓을 한다.

## 너에게

내가 아름답지 못하여
아름다운 것들에 기대어 짐짓 그런 체하였다.
너에게 기댄 날들이 그랬다.

## 안녕 남자친구

우리는 태어난 곳이 다를 뿐이었어. 다른 언어로 이야기하고 생각할 뿐, 남들과 다름없는 연인이었지. 나는 네가 어떤 말을 하고 싶은지, 무엇을 보고 어떤 생각을 하는지를 이해하고 싶어서 입 모양 하나 표정 하나 목소리 울림 하나 놓칠세라 네게 집중했고 너도 나와 같아 그게 참 좋고 행복했어. 마치 새로운 행성을 발견한 듯 가슴 설레기도 하고 나를 경계하기도 하며, 한 사람의 우주를 이해하는 데 안간힘을 쓰는 일이 이토록 즐겁다는 걸 알게 됐어.

아마 우리에겐 서로의 마음에 들기 위해 애써 거리를 두고 준비하고 노력할 시간조차 주어지지 않아서, 사랑을 사랑이라 읽고 미소를 미소로 바라보고 너를 너로서 바로 받아들이고 이해해야만 했기 때문인지도 모르겠어. 같은 하늘을 올려다보고 있다는 것만으로 닿아 있다고 믿으며 함께하지 못한 시간의 여백을 마음으로 그저 채우고, 멀리서 서로의 생활을 격려하고 위로하며 그 뙤약볕 같았던 시절을 달려 나갈 수 있었던 건 네가 나를, 그리고 내가 너를 있는 힘껏 지탱했기 때문일 거야. 그러나 그렇게 달리면 언젠가 만날 수 있으리라는 막연한 확신으로 우리 젊음을 마냥 낭비할 수는 없었던 거겠지. 시간이 지나 세상에 등 떠밀리고 타협에 마음을 내어주고 조금은 젊음을 아쉬워하지 않게 되었을 때 우리는 각자의 길을 걷게 되었어. 나를 잡지 않았던 너에 대한 미움도 원망도 까마득한 지금은 그저 고마움을 고맙다고 전하지 못한 아쉬움만 가득해. 미안했어. 그 시절의 너와 나를 만난다면 고맙다는 말을 더 많이 하고 싶어. 사소하나 진작 전했어야 할 마음들을 멀어진 뒤에야 나는 떠올려.

나는 사 년이 넘는 시간 동안 한 사람을 하나의 아름다운 우주로 있는 그대로 받아들이는 법을 너를 통해 배웠어. 단지 누군가가 그어놓았을 뿐인 선 너머의 편견이나 허무한 생각들을 뿌리치는 법도 알게 되었고. 앞으로 네가 아닌 누구를 만나더라도 이 마음은 잊지 않고 싶어. 나는 그게 제일 고마워. 그리고 너 역시 그럴 것을 알아서 마음이 놓여. 그때 우리는 이별할 수밖에 없었지만, 언어가 아닌 마음으로 누군가를 마주하는 방법을 배웠고 그렇게 진짜 사랑을 발견했으니. 모든 것이 희미해져도 이것만은 잊지 않으려고 해. 나약하고 소심한 나는 밤과 낮만큼 너에게서 멀어진 다음에야 내 안에 여전한 너에게 이별을 말할 수 있게 되었지만 이제는 진심으로 너의 안녕을 바랄 수 있게 되었어. 안녕. 안녕. 이제는 진짜 안녕. 내게 사랑을 알게 해준,

\\\

그리고 앞으로도 그러할, 7시간 너머의 나의 남자친구.


노르웨이, 로포텐제도의 한 바닷마을에서

A에게

너의 오래된 S로부터

몸살

열꽃이라도 필 것 같은 내 이마에서
당신의 이름이 쌔근거리다가, 날숨에 사라졌다가,
나는 그 이름 때문에 다시 뜨거웠다가.

여름, 물과 공기의 언어

모로코 / 필리핀

물 아래의 생

아가미를 짊어진 시꺼먼 인간들이 우르르 바닷속으로 들어간다. 꼭 제집으로 돌아가는 것처럼 순순히. 나도 오늘은 그 아가미 달린 인간들 중 하나다. 나는 지금 필리핀, 세부에 있다. 정확히는 세부섬 최남단에 위치한 '오슬롭(Oslob)'이라고 하는 곳이다. 바다에 풍덩 제 발로 빠지기 몇 초 전이다. 일부러 무거운 쇳덩이를 몇 개씩 차고 바다에 빠지는 일은 생각보다 긴장되는 일이다. 세부에 오기 전 열심히 훈련받았다고 생각했는데…… 굳이 비교하자면 처음으로 누군가에게 고백하던 날보다 훨씬 가슴 떨린다.

오늘 두 번째 스쿠버다이빙은 수심 40미터를 내려가는 코스. 이렇게 깊은 물속을 다니는 건 처음이라, 내려가는 동안 귀가 두어 번 아파 다독여야 했다. 5미터, 10미터…… 그러다 40미터에 가까워지자 점점 바다에서 무엇이 당기는 듯 몸이 깊은 바다 쪽으로 내려앉으며 손목에 찬 다이빙 컴퓨터가 표시하는 수심이 훅훅 떨어진다. 수심이 깊어질수록 아래쪽으로 끌어당기는 힘이 강해지기 때문이다. 까딱하면 위험해질 수 있으니 이제

부력조절기에 공기를 넣어 40미터에 몸이 머물게 한다. 초조해 하는 낌새를 바다가 알아채지 못하도록 조용히, 아주 노련하고 침착히. 바다 아래에서의 동작들은 이곳에서 흐르는 시간보다 완곡하게 이루어져야 한다.

바닥이 도대체 어디쯤인지 나의 세계로는 헤아릴 수 없는 아래를 보노라면 아득하다. 그러다가 이 엄청난 바다를 온몸으로 껴안고 있다고 생각하면 인간의 몸이라는 것이 얼마나 기특한 지 모른다. 무리를 이룬 우리는 지금 경쟁하지 않는다. 바다에 들어가기 전 친구가 내게 말했다. 자신이 아는 한 유일하게 점수를 놓고 승부를 겨루지 않아도 되고, 가장 서툰 사람이 되레 우선이 되는 스포츠가 바로 스쿠버다이빙이라고. 그래서 친구는 매달 한 번씩 시간을 내어 바다에 뛰어든다고 한다. 그 말 덕분에 나 역시 다이빙을 동경하게 되었다. 바다거북이나 가오리, 고래상어 같은 신비한 바다 동물들을 만나지 못해도 좋다. 내가 경험한 이 대략 사오십 분 물 아래의 생이란 이토록 가엽고 대견하며 멋진 일이었다.

삼십 분 정도가 지나고 잔여 공기를 확인한다. 이제 조금씩 천천히 볕이 닿는 쪽으로 수심을 높여 갈 시간이다. 수심 5미터, 다시 돌아가는 길에 센 물길을 만났다. 바다 아래에도 여러 갈래의 길이 있어서, 가끔 아주 빠르게 지나가는 조류를 만나면 오리발을 낀 두 발을 힘껏 차도 제자리를 지키기 힘들다. 아주 가끔은 수십 킬로미터 떠내려가기도 한단다. 휩쓸려서 일행들로부터 멀어지지 않게끔 서로를 확인하며 바위를 붙잡고 안전 정지를 해야 했다. 안전 정지란 몸속에 축적된 잔류 질소를 내보내는 과정이다. 깊은 바다로 내려갈수록 우리의 몸은 질소에 더욱 노출되기 때문에 질소를 몸 밖으로 내보내는 과정을 거치지 않으면 몸에 이상이 생길 수도 있다. 조류가 지나가는 동안 잠시 물속에서 하늘 쪽을 바라보았다. 햇살이 물의 결을 따라 흩어지고 모이기를 반복하며 산호 밭을 지나는 중이었다. 그 순간이 무척 아름다워 넋을 놓을 뻔했다. 일 분이 몇 시간처럼 물 아래에서 유영 중이다. 손목에 찬 다이빙 컴퓨터가 그만 뭍으로 돌아가도 좋다는 신호를 보내고, 그 빛 사이로 다시 4미터, 3미터, 1미터…… 트이는 숨 여럿. 물과 공기를 가르는 물낯을 지나며 우리는 뭍에서 죽는다. 물 아래 아가미 달린 삶은 꿈이었던가. 공기 속에 인간들의 언어가 끼어들기 시작하면 나는 이를 어느새 잊는다. 또 다음 생을 기다린다.

# 고래상어

뭐랄까, 순한 우리 집 고양이가 물 아래에서 태어났다면 이런 모습일 거란 생각이 들었다. 글쎄, 덩치는 엄청나게 큰 이 녀석들이 조그마한 새우를 그 커다란 입으로 오물오물하며 먹는데 그 모습이 얼마나 귀엽던지 아가미 사이로 그르릉- 그르릉- 기분 좋은 소리가 울리는 것 같았다. 지구에 있는 물고기 중에서 가장 크다는 이 고래상어들은 몸길이가 보통 12미터나 되고 더 큰 녀석들은 18미터까지 자란다고 한다. 큰 입을 쫙 벌려 먹이와 바닷물을 빨아들이는 전혀 위협적이지 않은 입안을 보고 나면 그나마 갖고 있던 일말의 두려움마저 버리게 된다.

세부에서도 꽤 시골에 속하는 오슬롭 앞바다에 고래상어들이 나타나기 시작한 건 불과 몇 년 전이다. 이곳의 어부들이 배고픈 녀석들에게 먹이를 몇 번 줬더니 본격적으로 매일 아침 출근을 하기 시작했다고 한다. 오직 식사를 위해 무려 수십 킬로미터를 출퇴근한다고 하는데, 이 말이 사실이라면 정말 대단하지 않나. 전 세계적으로 희귀종인 고래상어를 매일 만날 수 있는 곳은 이곳 오슬롭이 유일하다고 한다. 보는 것만으로도 행운이라는 귀한 녀석들의 모습을 가까이서 볼 수 있다는 소문이 퍼지면서 지금은 많은 사람이 이곳을 찾고 있다.

　오늘 아침 이 사랑스러운 친구들 곁에서 신나게 수영을 하며 지켜보았다. 여러 겹의 아가미로 물을 빨아들여 공기를 거두는 모습, 물 밖에선 보기 힘든 무늬와 색깔, 아름다운 유선형의 몸통. 인간이 아닌 생명체와 물속에서 함께 걷는 일은 이토록 말 밖의 것들로 하여금 되려 더 많이 느끼게 한다. 이 사랑스러운 친구들과 오래도록 걷고 싶어진다. 내게도 아가미가 있다면 얼마나 좋을까. 그러면 숨대신 다른 물의 언어를 틔울 수 있게 될까.

## 바다 유영

다이빙 선생님들이 장비를 갖추고 바다에 들어간 동안 친구와 함께 물안경만 낀 채 배 위에서 풍덩 바다로 뛰어들었다. 오슬로브의 바다는 어찌나 순하고 투명한지 물밑에서 몇십 미터 멀리를 내다볼 수 있을 정도다. 덕분에 맨몸으로 물에 들어가 산호 군락을 보고, 내 폐가 얼마나 많은 공기를 거둘 수 있는가 겪어보기도 하고, 숨을 내뱉으면 생기는 물방울의 우스꽝스러운 모양에 친구와 까르르 웃기도 했다. 이렇게 깊은 바다 아래에서 엄마에게 혼나지 않고 마음껏 놀 수 있다니. 신나게 놀다보면 종종 지나가던 작은 해파리들이 팔이나 목을 쏘고 가는데, 투명한 것들은 따끔한 정도로 끝나기에 손을 휘이휘이 저어서 대충 물려주면 된다. 종종 자연계에서 보기 힘든 강렬한 색깔을 띤 녀석들이 나타나기도 하는데 이는 독성이 있다는 뜻이니 조심해야 한다. 혹여나 만나거든 힘차게 오리발을 차서 꼭 피하기를!

직립 이족 보행이라던가 폐호흡이라던가, 뭍에서 알던 상식과 법칙들은 유영하는 동안 대개 쓸모가 없다. 대신 이곳은 '아

가미가 없는 동물들은 때때로 수면에 머리를 내밀고 공기를 들이마셔야 한다'던가 '해파리는 무리를 지어 다닌다', '뾰족한 성게 가시에 찔리면 무척 아프다'와 같은 섬세하고 끈질긴 탐구가 아닌 직관과 본능이 우세한 세계다. 유려한 수식과 감상보다 정제되지 않은 말들이 우선하는 이 물 아래의 유영과 피상(皮相)을 무척 좋아하고 있다. 물속에 들어갈 때마다 사랑이 깊어진다. 아, 그리고 쓸데없는 생각을 하다간 이 바다를 버티지 못할 수도 있으니 바다에 들어갈 땐 적당한 숨만 챙기도록.

내려간 바다 밑의 시간은 인내하는 호흡만큼 천천히 흐른다. 인간의 본분을 되찾은 듯 조금은 불안하면서도 활짝 열린 감각들로 수용하는 시공간의 정보들은 우리의 세계를 금세 감싼다. 숨이 턱턱 차오른다. 허무한 것들을 잔뜩 자빠뜨리면서.

## 골목 풍경

아이들 웃음소리가 잘 들리는 골목에 숙소를 잡았다. 세상 가장 좋은 경치가 골목마다 있다. 학교를 마친 아들이 아버지가 운영하는 작은 슈퍼마켓 앞에 오후 내도록 앉아 있노라면 지나가던 친구들이 하나둘 그 옆에 앉기 시작한다. 하나는 곧 일곱이 되고 웃음소리가 골목에 가득 찬다. 이런 풍경을 어릴 적에 보았던 것 같다.

# 모하메드101

잔뜩 화가 난 엄마가 현관문을 열더니 골목을 향해 쩌렁쩌렁하게 외쳤다. "모하메드!" 골목에서 놀던 열한 명의 어린 모하메드들이 일제히 엄마를 바라보았다. 얼굴에는 두려움이 가득하다. 열 명의 모하메드는 안심하며 하던 일을 계속했고 단 한 명의 모하메드(엄마 픽)가 집을 향해 전력 질주하기 시작했다. 참고로 모하메드는 모로코에서 가장 흔한 남자 이름이다.

## 새벽 바다를 걸어 모로코에

서핑을 좋아한다. 아니, 사실은 너무 좋아해서 매끈하고 예쁜 파도가 끝없이 밀려오는 꿈에 시달리는 환자 수준이다. 그리고 나는 아이슬란드 시골의 아티스트 레지던시 방구석에서 작업실에 가지도 못하고 침대에 웅크린 채 삼 일째 메말라 가고 있다. 며칠째 경보 단계의 폭풍이 불고 있었다. 서핑 불모지 아이슬란드에서 내 유일한 낙은 집 근처 작은 해변에서 바다를 보는 것이다. 나 같은 초보자가 타기에 꽤 좋은 파도가 들어오는 날도 종종 있었다. 떠밀려 오는 해초 더미를 피해 걸으며 저 파도를 능숙하게 타는 상상을 하노라면 경직됐던 마음도 쉬이 풀리는 기분이 들어 좋았다. 그런데 단 한 번의 외출도 허락하지 않는 아이슬란드의 요 며칠은 내게 물리적 고립 이상의 절망을 안겨주고 있다. 자연이 주는 무력감은 대비할 겨를이 없어 허망하다.

무턱대고 닥치는 일들은 인간을 구석으로 몰아넣는 대신 창의적인 해결 방법을 이끌어내기도 하는 법이다. 방구석 이불 밑까지 내몰린 내가 택한 방법은 지도를 보는 일이었다. 처음에는 집 거실에 있던 아이슬란드 지도를 보다가 곧 시시해져서 컴퓨터를 켜고 구글맵을 보기 시작했다. 선이 땅과 바다를 나누고 있고 어쩐지 자꾸 땅의 바깥쪽, 해안선을 보며 나는 점점 바다를 지향하게 된다. 서핑을 하고 싶다. 그리 생각하며 이 폭풍이 잦아들 때까지 세상 모든 바다의 이름들을 하나씩 머금어 보기로 마음을 먹자, 시공간이 손가락을 따라 흐르기 시작한다. 어떤 바다는 너무나 고요해서 바라보는 것만으로 충분했고 어떤 바다는 내가 감당할 수 없는 거대한 파도가 인다. 내가 좋아하는 1미터 전후의 점잖은 파도가 생기는 곳도 있다. 마음은 바다를 잇는 선들을 따라 깊어지기도 얕아지기도 하며 여러 가지 말로 태어나고 잊힌다. 가본 적 없는 스페인 갈리시아의 작은 해변에서 까무룩 잠이 들었다가 포르투갈 북쪽 어느 해변에서 깼고, 다시 모로코 임수안이라는 작은 마을에 손가락이 오래 닿았다. 그렇게 몇 개의 해변을 살다가 다시 내 방에 도착했다. 새벽이었다. 거짓말처럼 창밖엔 청명한 기운이 돌고 있다.

머리만 대충 가다듬고 두툼한 옷을 걸쳐 입은 뒤 바다로 향했다. 곪아버릴 것만 같던 마음도 다행히 걸음마다 옅어지고 나는 곧 진짜 바다에 닿았다. 바다는 여전했다. 창밖 세상이 수런스러운 동안 나는 당신이 무척 그리웠다. 그리고 아직 서툰 내가 잠시 역정을 냈다. 미안하다. 아침이 늦은 서쪽엔 물참이 한창인 바다가 대답처럼 오전 내내 밀려온다. 사리 때다. 어쩐지 이상한 결론이지만 서핑을 하러 임수안에 가야겠다는 생각이 들었다. 며칠 뒤 나는 정말로 레이캬비크에서 런던을 경유해 모로코 아가디르에 도착했다. 아가디르부터 임수안은 대략 100 킬로미터 정도 떨어져 있다. 미리 숙소에 연락해둔 덕분에 아가디르 공항 출구에는 'Soohyang Ahn'이라고 쓴 종이를 든 택시기사가 하얀 이를 드러내며 웃고 있었다. 택시에 짐을 싣고, 모로코는 처음이냐는 둥 어느 나라 사람이냐는 둥 상투적이지만 배려가 깃든 물음들에 대답하며 임수안으로 향했다. 며칠 만에 아이슬란드에서 모로코로 와버린 밤, 나는 어쩐지 새벽에 바다를 계속 걷다가 임수안에 닿은 기분이 들었다. 그렇게 생각지도 못하게 아프리카 땅을 밟게 되었다. 돌아가는 비행기 표는 아직 끊지 않았다.

서퍼

임수안에 머문 지 일주일 정도 됐다. 인종으로 사람을 구분하기는 싫지만, 현재 이 마을에 아시아 사람은 나뿐이다. 굳이 이 얘기를 하는 이유는 내가 아시아인인 덕분에 어딜 가든 주목받기 때문이다. 그들의 관심이 순수한 호기심이라는 것이 표정에서 느껴지기에 기분이 나쁘지는 않다. 되려 좋다. 아주 가끔 일본인이나 중국인이 오기도 하는데 한국 사람은 훨씬 드물다고 했다. 내가 걸어가면 "니하오"나 "곤니치와"라고 사람들이 자주 인사를 하는데 그때마다 나는 악수를 청하며 내 이름을 이야기하고 한국에서 온 사람이라고 알려주었다. 그랬더니 이제는 "한국 사람아 오늘도 안녕하느냐"는 인사가 매일 돌아온다. 다들 선하고 좋은 사람들이다.

과거 프랑스의 지배를 받은 탓에 대부분이 프랑스어를 할 줄 안다. 그래서인지 프랑스 사람들이 모로코를 많이 찾는다. 그 밖에도 포르투갈이나 영국, 스페인 등지에서 이곳을 방문한다. 관광업은 비교적 수입이 짭짤해 모로코의 영민한 젊은이들은 일찍부터 영어를 배운다고 한다. 임수안은 모로코 남단에 위

\\\

치한 작은 어촌으로 요즘 유럽 서퍼들 사이에서 인기가 날로 올라가고 있는 곳이다. 고기잡이로만 생계를 꾸리던 조용한 마을에 어느 날 갑자기 서핑을 하는 사람들이 하나둘 오더니, 이제는 주민 수만큼의 여행자로 거리가 북적인다. 서퍼들 덕분에 이곳 사람들이 생전 먹을 일 없던 파스타나 타코 집도 생겼고 해변이 잘 내려다보이는 곳에 자리한 카페는 종일 문전성시다. 여전히 마을은 작고 대중교통을 이용하려면 30킬로미터나 떨어져 있는 시내로 나가야 하지만, 지금 내 숙소 주인처럼 런던에서 번듯한 직장을 관두고 고향으로 돌아와 터전을 이루는 사람도 있을 만큼 임수안은 앞으로 잘 먹고 잘살 일만 남았다는 기대에 들떠 있다. 세상에, 파도가 돈이 되고 생활이 되다니 임수안 사람들은 이 사실을 알고 얼마나 기뻤을까.

서핑은 서프보드라고 하는 널빤지 위에서 크고 작은 파도를 타는 운동이다. 다시 말해 파도가 있어야 할 수 있는 운동이다. 파도가 있냐 없냐가 선결 조건이다. 그다음으로 파고(波高)와 방향, 간격, 바람의 세기와 방향 등이 고려 대상이다. 계절과 지형, 위험물, 바닥을 이루는 것이 모래인지 산호인지도 서퍼들이 필수적으로 살펴보는 내용이다. 파도가 생기는 이유는 몇 가지가 있지만 바람이 그중 가장 큰 요인인데, 일정한 방향으로 꾸준히 부는 바람이 바다에 파도를 일으킨다. 파고를 예측할 수 있는 것도 이 때문이다. 일부 지역에는 가끔 한 달 내도록 파도가 없을 때가 있는데 그때 서퍼들은 파도 차트를 보며 울거나 혹은 파도가 있는 곳으로 서프트립을 떠난다. 나는 집 근처인 부산

송정에서 주로 서핑을 하는데, 파도 차트를 통해 서핑하기 좋은 날을 미리 가늠하고 당일 서프숍에서 제공하는 실시간 바다 영상을 확인한 뒤 바다에 뛰어들지 말지를 결정한다. 늘 파도가 서핑하기에 좋은 건 아니지만 대부분 뛰어드는 쪽을 택한다. 여러모로 여간 까탈스러운 운동이 아닐 수 없다. 이곳 임수안은 사계절 내내 멋진 파도가 들어오기 때문에 서퍼들에게 꿈같은 곳이 아닐 수 없다. 매일 서핑을 할 수 있다니! 나는 세상에서 가장 가까운 천국을 발견한 기분이다.

작은 곶 형태의 임수안은 해안을 가르는 곶 끄트머리를 기준으로 양쪽 해변에서 각각 다른 형질의 파도를 즐길 수 있다. 바다 쪽을 바라보고 오른쪽 해변은 '성당 포인트', 왼쪽 해변은 '베이 포인트'라고 부른다. 성당 포인트의 파도는 몸집이 거대하다. 북대서양에서 곧장 밀려와 그대로 부닥치고 스러지기 때문이다. 파고와 경사각이 크기 때문에 '숏보드'라고 하는 비교적 길이가 짧은 서프보드를 타기에 좋다. 한편 베이 포인트는 한 번 곶에서 부서져 몸집이 줄어든 파도가 만 쪽으로 흘러 들어온다. 그래도 여전히 힘이 좋기 때문에 파도 지속력이 좋다. 역시 대부분 숏보드를 타지만 9피트 이상의 롱보드나 8피트 정도의 펀보드를 타는 사람들도 꽤 많다. 운 좋게 인생 파도를 만나 라인업 지점에서부터 파도를 따라 몇 백 미터를 걷는 꿈같은 경험을 할 수도 있다.

파도의 꼴이란 세상에 존재하는 해변의 이름만큼 다양하겠지만 모로코의 파도는 숏보더를 위해 매일 달려온다고 믿어

질 정도다. 롱보드와 숏보드는 그 목적과 서퍼의 움직임이 비교적 달라 양쪽을 두루 익히는 데 시간이 제법 걸린다. 우선 롱보드 타기의 핵심은 전진하는 파도의 머리 부분에 집중된 힘을 이용해 재빨리 파도를 딛고 일어나 경사면을 따라 미끄러지듯 내려간 다음 발을 엇갈리게 움직여 무게중심을 조금씩 옮겨가며 보드를 따라 우아하게 걷는 것이다. 좋은 파도를 고르는 안목과 재빠르고 숙련된 동작, 그리고 매번 다른 파도의 힘과 움직임을 이해하고 균형을 잡는 것이 중요하다. 비교적 점잖고 우아하게 나아가는 클래식 롱보드와 달리 숏보드는 운동 궤적이 훨씬 동적이고 경쾌하며 파도를 담대하게 맞서는 기질이 있다. 포르투갈 나자레(Nazare)의 20미터가 넘는 거대한 파도를 가로지르는 건 언제나 숏보더다. 대신 보드 길이가 짧기 때문에 사람을 태우면 물에 뜨는 힘이 약해지는 데다 균형을 잡고 여러 동작을 익히기까지 시간이 훨씬 더 걸린다. 특히 보드 위에서 팔을 저어 파도가 부서지는 곳 너머로 나아가는 기본동작인 '패들링'을 하기에도 롱보드에 비해 훨씬 힘들다. 인기로 따지면 대세는 숏보드다. 요즘 유명한 인기 서퍼들은 대부분 숏보더인 만큼 서핑은 보다 동적인 세상을 지향하는 중이다.

나는 8피트짜리 스펀지보드를 매일 빌려서 바다에 들어간다. 아직 좋아하는 만큼 잘하지는 못해서, 임수안의 바다를 이해하는 데 시간이 제법 걸린다. 파도타기는 늘 엉망, 해변에 가닿을 때쯤 기진맥진해 걸을 힘도 없다. 내가 신기한 모양인지 해변에서 쉬고 있으면 하나둘 다가와 말을 걸어준다. 임수안 파도는 최고라는 둥, 재밌다는 둥, 즐기라는 둥, 잘하든 못하든 나를 서퍼로 대해주는 그들의 말에 빠졌던 힘이 어느새 돌아오는 것만 같다. 나도 서퍼다. 그래, 나도 그대들 같은 서퍼다. 좀 더 멋진 눈빛으로 바다를 마주하는 법을 이렇게 매일 배우고 있다.

야속한 타진

임수안에는 현금지급기가 없다. 그리고 새로 옮긴 숙소 주인은 현금결제만 가능하다며 조심스레 카드를 내미는 나를 보며 몹시 곤란한 표정을 지었다. 모로코 여행이 생각보다 길어지면서 챙겨 온 현금을 거의 다 써버렸다. 갖고 있던 80유로를 탈탈 털어 담뱃집 아저씨와 환전을 했는데도 남은 기간 숙박비를 내기엔 한참 모자랐다. 결국 나는 임수안의 유일한 교통수단인 택시를 타고 현금지급기가 있는 도시까지 다녀오는 수밖에 없다는 결론에 이르렀다.

  터덜터덜 걸어 마을 입구 로터리에 도착했다. 그리고 세워진 낡은 택시 한 대와 그 옆에서 택시기사와 이야기 중인 한 남자를 보았다. 슬쩍 들어보니 그도 현금지급기가 있는 도시까지의 왕복 요금을 흥정하는 중이었다. 모로코에서 흥정 없이 바로 돈을 쥐여주는 건 정말 바보 같은 짓이다. 특히 외국인에게는 터무니없는 가격을 우선 제시하고 보기 때문에 일단 절반의 가격에서 협상을 시작해야 할 정도다. 기세에 약간 눌린 듯한 남자는 무척 곤란한 표정을 지었고 택시기사는 초 단위로 위풍당

당해졌다. 이제 내가 슬쩍 끼어들 차례인 것 같다.

오기 전 숙소 주인에게 적절한 택시 가격을 들었던 나는 목적지가 같으니 우리 두 명을 태우는 대신 한 명당 요금을 더 낮추면 어떻겠냐고 물었다. 택시기사는 고민하는 척하더니 가격을 제시한다. 더는 안 된다며 과장된 손동작까지 곁들였다. 여전히 비싸다. 나는 일부러 남자와 딴청을 피우며 이런저런 이야기를 나누다가 괜히 '투모로우'를 강조하며 일정에 여유가 있느냐고 물었다. 있는 힘껏 여유 있는 표정을 유지하는 게 포인트다. 조금 다급해진 택시기사가 120디르함을 제시했다. 나는 속으로 쾌재를 외쳤다. 남자에게 괜찮겠냐고 물었고 이제 협상을 결론짓고 택시에 탑승해야 할 때라는 걸 눈치챈 그는 곧 미소를 지으며 고개를 끄덕였다. 택시기사와 우리는 악수를 나누며 이 귀여운 실랑이를 끝냈다. 사실 왕복 60킬로미터를 다녀오는 수고에 우리 돈으로 만오천 원 정도면 고마운 일이다.

우리가 향하는 곳은 임수안으로부터 약 30킬로미터 정도 떨어진 '타마나르(Tamanar)'라는 마을이다. 사막의 흙먼지를 잔뜩 날리며 택시는 요란스레 달린다. 창밖으로 아르간나무가 빽빽이 뿌리를 내리고 힘껏 영그는 모습을 보았다. 염소 무리가 드문드문 함께 풍경을 이루고 있었다. 프랑스에서 왔다며 자신을 소개하는 남자는 앞좌석에 앉아 내 쪽으로 고개를 돌려 서툰 영어로 고맙다는 인사부터 시작해 모로코 여행에 대한 사소한 투정을 털어놓기 시작했다. 특히 그는 흥정에 그다지 소질이 없어 예상보다 현금 지출을 많이 한 모양이었다. 얼른 볼일을 끝내고

바다에 뛰어들고 싶다는 말도 덧붙였다. 깎긴 했지만 시세보다 택시비를 많이 챙긴 모양인지 택시기사는 기분이 무척 좋아 보인다. 우리가 무슨 이야기를 나누는지 이제는 신경조차 쓰지 않고 콧노래를 흥얼거리기 시작했다. 열린 차창 밖으로 사막의 겨울 냄새가 붉고 건조하게 풍겼다.

드디어 현금지급기 님을 만났다. 사실은 현금이 다 떨어진 현금지급기 앞에 섰다가 낙심하고 이번이 두 번째다. 혹시나 실수할까 봐 신경이 바짝 곤두선다. 넉넉하게 5,000디르함을 인출했다. 돈이 없어서 다시 택시를 타느니 현금을 두둑하게 쟁여 놓는 것이 정신 건강에 나을 테다. 프랑스 남자도 현금을 지갑에 넣고 나서야 표정이 좀 밝아졌다. 시내에 더 볼일이 있냐는 택시기사의 말에 우리는 바로 돌아가자고 답했다. 왠지 아쉬워 보이는 그의 표정 속에 다른 속셈이 있었던 듯한데, 내 기분 탓이려나. 일단 택시는 다시 임수안을 향해 출발이다. 어서 숙소에 가서 샤워하고 싶다고 생각하던 그때. 아…… 아니나 다를까, 2킬로미터도 채 가지 않아 택시가 멈췄다. 이유를 물어볼 겨를도 없이 시동을 끄고 내리며 택시기사는 이 식당에서 식사를 좀 해야겠다고 우리에게 통보했다. 식당 주인에겐 늘 먹던 걸로 달라고 말하는 것 같다. 이미 테이블에 앉은 채 능글맞은 얼굴로 너희도 배가 고프면 여기서 식사를 하라는 말도 잊지 않고 덧붙인다. 나는 너무나 당당한 그의 태도에 되레 웃음이 터졌다. 모로코 여행의 매력은 이 거침없음과 당당함 속에 있고, 또 때때로 야속함이 밀려오기도 한다는 걸 오늘 또 배운다. 혹시 그의 가족이 운영하는 식당은 아닐까? 그런 의심도 꼬르륵거리는 내 배 앞에선 의미 없다. 아무리 내가 빨리 숙소로 돌아가고 싶어도 지금, 그리고 내 오늘 하루를 이리도 종용하는 못된 주인은 바로 저 택시기사인걸. 이제 막 닭다리를 든 그가 조금 얄밉다. 프랑스 남자와 나는 기왕 이렇게 된 김에 함께 식사를 하기로 했다. 식당은 모로코 사람들의 주식인 타진(Tajine)을 파는 곳이었고 우리는 치킨 타진 두 개를 주문했다. 물론 생수도 함께.

   잠시 후 소박한 접시 위에 올리브와 감자튀김을 잔뜩 얹은 치킨 타진이 나왔다. 식사를 손으로 하는 모로코에서는 포크가 제공되지 않는 식당도 제법 있다. 생판 처음 보는 사람을 마주하고 맨손으로 야무지게 닭다리를 잡게 될 줄은 차마 몰랐던 오늘, 올리브오일이 담뿍 스며든 닭고기를 한 손으로 집어 한 입 썰어 삼킨다. 그런데 이게 웬일. 나는 이런 종류의 맛있음을 난생 처음 경험해 본다. 썰을 때마다 닭고기 육즙과 올리브오일의 농축된 풍미가 마구 뒤섞이고 곧 내 입안을 점령하기 시작하는데, 허기져 흐리멍덩해진 눈이 확 뜨일 정도로 정말 맛있었다. 이전에도 한 번 타진을 먹어 보기는 했는데 이에 비하면 훨씬 못했다. 곁들여진 올리브도 집어 먹는다. 아, 맛있다. 그래, 감자도 먹어 보자. 아아, 너도 맛있구나. 나는 슬쩍 인자한 주방장 할아버지를, 그리고 여전히 우리에게 무심한 택시기사 쪽을 한 번씩 번갈아 보았다. 한국의 택시기사님들이 팔도의 숨은 맛집들

을 두루 꿰고 있듯 모로코도 마찬가지로구나, 그리 생각하며 야속한 타진을 쓱쓱 그릇 바닥이 보일 때까지 닦아 먹었다. 식사를 마치고 내 타진 값도 프랑스 남자가 계산했다. 덕분에 길동무도 하고 택시비도 아꼈다며 그는 끝까지 내 돈을 받지 않았다. 나는 감사 인사를 하며 대신 임수안으로 돌아가거든 밥이나 커피를 꼭 사겠다고 했다. 남자는 웃으며 그러자고 했다.

　우리를 태운 택시는 다시 임수안을 향해 흙먼지를 날리며 달리기 시작했다. 돌아가는 길 내내 택시기사는 아까처럼 콧노래를 흥얼거렸다. 나도 따라 콧노래를 부르기 시작했다. 그러지 않기에는 아까 먹은 치킨 타진이 너무 맛있었다.

## 별과 바다와 반짝이는

아우마르는 모로코 남단의 휴양도시 아가디르 사람이다. 나는 그를 바다 위에서 만났다.

　그날 바다는 분주했다. 간조가 지난 오후 즈음이었을까, 베이 포인트 저 먼 곳에서부터 환상적인 파도가 끝없이 밀려오기 시작했다. 마을이 들썩였다. 그 아름다운 결 위로 미끄러지고 뒹굴기도 하며, 서퍼들은 환상적인 파도의 탄생을 온몸으로 겪으며 기뻐했다.

　임수안의 바다에선 파도의 힘이 좋은 만큼 까딱 방심하다가는 저 멀리 만 구석 절벽까지 몇백 미터를 순식간에 떠내려갈 수도 있다. 인적이 없는 곳인 데다 바위 무더기에 껴서 다칠 수도 있기 때문에 조심해야 한다. 그래서 이곳 바다 위의 내 위치를 자주 확인하는 것이 굉장히 중요하다. 그날은 이곳에서 처음 서핑을 하던 초보 서퍼가 너무 짧은 보드를 타는 바람에 어찌할 바를 모르고 힘없이 만 구석으로 떠내려가고 있었다. 그 모습을 본 아우마르가 다가가 그 사람이 해변으로 무사히 도착할 때까지 서프보드를 뒤에서 밀어주며 도움을 주었고 마침 근처에 있던 나도 자초지종을 묻다가 인사를 나누게 됐다. 우리 셋은 그 날 친구가 되었다.

아우마르는 서프 숍 코치였는데, 나를 이미 알고 있다고 했다. 카메라를 들고 늘 무언가를 보고 있는 걸 보았단다. 동네 사람들 대부분이 내가 무엇을 하고 있는지를 궁금해한다고도 했다. 아우마르는 그의 가장 친한 친구인 아윱도 우리에게 소개해줬다. 우리는 자주 함께 서핑을 하고 임수안 마을 옛터에도 놀러 갔다. 아윱의 집에 초대를 받아 모로코식 차와 타진을 가족들과 함께 만들어 먹기도 했다. 하늘이 아름다운 날에는 넷이서 사막에 드러누워 석양을 보기도 했는데 한낮을 품은 사막의 모래는 서늘한 저녁을 견딜 만한 온도를 사람에게 기꺼이 나누어준다는 것도 아우마르가 알려줬다. 그리고 또 아우마르는 내게 그들의 언어도 몇 가지 가르쳐주었다. '별'은 'نجوم(느줌)', '바다'는 'بحر (바흐르)', '반짝이는'은 'وميض(와미이돠)', 아랍어 발음이 익숙지 않은 탓에 몇 번의 시도 끝에 서툴게나마 단어를 입에 틔웠다.

별에 관해 이야기하며 나는 친구들에게 도시에 사는 사람들은 이제 별을 보는 법을 잊었다고 했다. 그래도 여행은 미소나 별빛처럼 잊힌 것들을 발견하게 하는 힘이 있는 것 같다고도 했다. 밤하늘에 별빛이 없는 세상을 알지 못하는 친구들은 내 말뜻을 이해했을까. 상관없다. 내가 다시 '별'과 '바다'와 '반짝이는' 언어를 머금기 시작하자 풍경은 내게서 더욱 선명해져 간다. 적어도 이번 여행이 끝날 때까지, 당신들과 이 언어를 절대 놓치지 않겠다고 나는 생각했다.

\\\

아우마르에게

나는 임수안 바다보다 네가 보여준 우정과 친절에 대해 오래도록 생각할 것 같아. 내가 타고 떠날 택시까지 일부러 찾아와 손에 작은 선물을 쥐여주는 너를 보며 나는 너에 비해 너무나 초

라한 마음으로 인사를 한 것 같아 미안했어. 그래서 택시를 타고 아가디르로 향하는 동안 줄곧 마음이 편치 않았어. 그래도 고마워. 정말 고마워. 임수안의 바다와 그 너머의 풍경들을 내게 알려줘서 고마워. 너를 만나지 못했다면 그 모든 것들을 나는 영영 알지 못했을 거야. 다음에 어딘가에서 만난다면 그땐 꼭 내가 베풀 수 있으면 좋겠다. 그때까지 내가 만나는 모든 사람에게 친절해져 볼게. 안녕, 내가 만났던 가장 친절한 모로코 사람, 다시 없을 내 최고의 서핑 친구야.

\\\

## 다클라의 축복

무려 21시간을 버스로 이동했다. 태어나 이렇게 오래 버스로 이동한 건 처음인데, 폭우까지 쏟아지는 바람에 예정 시간보다 세 시간은 더 지체됐다. 처음 마주한 서사하라의 사막은 속절없이 흐트러지고 빗물과 함께 뒤엉킨 모습이었다.

서사하라의 푸른 진주라고 일컬어지는 다클라에 온 건 순전히 모로코 친구들의 추천 때문이다. 한두 사람이 가보라고 하면 그러려니 하겠는데, 만나는 사람마다 다클라 찬사를 늘어놓으니 저절로 흥미가 생겼다. 모로코에 왔으니 그래도 깊은 모래사막에서 하루쯤 보내고 싶다는 생각을 하지 않을 수 없었고, 모로코 사하라사막의 관문인 메르주가 여행에 관해 물으니 친구들은 하나같이 고개를 절레절레 저었다. 관광을 하고 싶은지, 아니면 여행을 하고 싶은지를 묻는 친구에게 웃으며 여행이라고 답하자 그렇다면 무조건 다클라에 가야 한다고 했다. 메르주가에선 이제 진짜 여행을 하기 힘들어졌다고도 했다.

그런데 하필 내가 도착한 날에 폭우가 내리다니. 도시는 그야말로 엉망진창이었다. 숙소까지 가는 택시를 잡다 지쳐서 구글맵을 켜고 비를 맞으며 걷기 시작했다. 배수 시설 개념이 전혀 없는 모양인지 차와 사람이 다니는 길마다 물이 넘쳤고, 곤란한 표정을 지으며 길을 건너길 주저하는 내 모습은 동네 사람들의 구경거리가 됐다. 어서 샤워를 하고 깨끗한 옷으로 갈아입고 싶다는 생각만 하며 걸었다. 도대체 숙소는 왜 이렇게 먼 거야. 조금 짜증이 난 나와 달리 사람들은 어쩐지 즐거워 보였다.

겨우 숙소에 도착했다. 삼십 분은 걸렸을 거다. 나는 지금 '쩔었다'. 그 말이 가장 적확하다. 분명 저녁 버스를 타고 출발했는데 세상은 또 저녁이다. 벨을 누르자 주인 부부가 나를 맞이했다. 굉장히 서툰 영어로 숙소 여기저기를 소개해주었고 숙박비에 포함되어 있으니까 아침에 꼭 식사를 하라고 당부했다. 더 궁금한 것이 있으면 언제든 알려달라는 말을 남기며, 내 방문을 닫으며 나간다. 아, 잠깐. 다시 문이 열린다.

"일 년 만에 내린 축복 같은 비와 함께 고마운 손님이 우리 집에 왔어요. 좋은 저녁 보내요."

그 말이 순간 나의 저녁을 바꾼다. 아, 나는 지금 사하라사막 위에 있구나. 줄곧 마음속으로 징징대고만 있었는데, 내가 가진 '비'에 관한 정서와 통념이 그들의 것과는 아주 다르겠다는 생각이 이제야 들었다. 신발이 젖고 옷이 젖고 가방이 젖어 느끼는 불편이 이곳 사람들에게는 일 년에 한 번쯤 있는 이벤트 같은 일이겠다. 어쩐지 영상통화를 하는 사람이 많더라니. 아까 광장 근처에서 본 그들의 즐거운 표정이 지금에서야 와닿는다. 나의 오늘에 '하필!'이라는 말 대신 '과연!'이라는 감탄이 들어서

는 저녁. 서사하라에서의 첫 내 방.

　젖어버린 것들을 정리하는 데 시간이 좀 걸리겠지만 뭐 어
떠랴. 내가 서사하라의 축복이라는데. 비약이 좀 있지만, 영어
가 서툰 나는 그렇게 알아들으련다. 축복. 아, 축복!

# 광장에서 발견한 굉장한 사치품 세 가지

우산

우비

장화

## 나는 갇혔다

나는 지금 샤워실에 갇혔다. 내 여행기에 멍청이 같은 에피소드야 수두룩하지만, 샤워실에 갇힌 건 처음이다. 호텔 공용 욕실은 샤워실 세 칸과 화장실 네 칸으로 이루어져 있는데, 제일 끝 칸 샤워실에서 샤워를 하고 옷을 입은 뒤 나가려고 문을 여니 손잡이가 계속 헛도는 느낌이다. 잠금장치를 잠궜다 풀어도 마찬가지. 갑자기 샤워실에 갇힌 습한 공기가 더욱더 무겁게 느껴지고 갑갑하다. 여태껏 겪어 보지 못한 종류의 두려움이다. 샤워실에 갇혀서 죽는 건 단 한 번도 생각해보지 않았는데 이번 일을 계기로 예상 목록에 넣어 두기로 했다. 하필 공용샤워실 출입구 문도 내가 닫고 들어온 데다 여긴 3층이라 1층에 있는 데스크까지 소리를 질러도 들릴지 의문이다. 일단 잠긴 문을 쾅쾅 두드리며 "헬프!"라고 우렁차게 고함을 지른다. 고등학교 때 연극 동아리 활동을 하며 복식호흡을 배워서 다행이다. 도와줘. 나는 갇혔다! 나는 갇혔다!! 몇 분 동안 소리를 질렀더니 다행히 호텔 주인이 사태를 파악하고 달려왔다. 이렇게 저렇게 해보라, 시키는대로 해봐도 잠긴 문은 여전하고 공구까지 가져와

\\\

이리저리 해봐도 역시나 꿈쩍도 하지 않는다. 손잡이와 맞물린 부품이 불량인 듯하다. 남자 둘이 심각하게 얘기를 나누더니 샤워실 옆 칸에서 사이에 있는 분리대를 잘라내자는 결론에 이르렀다. 정말 다행히 유리가 아니라 플라스틱 재질이다. 잠시 후 두꺼운 커터 칼날이 내 앞의 칸막이를 움푹 찢으며 앞의 공기를 가른다. 열린 틈이 늘어갈수록 조금씩 숨도 트이는 것 같다. 네 면을 그어 떼어낸 벽 뒤에서 결국 사람의 얼굴이 보이자 안도의 숨이 터진다. 끝까지 무사히 벽을 넘어 나갈 수 있도록 아버지와 아들로 보이는 남자 둘이 내 손을 잡아 부축해줬다. 괜찮느냐, 이렇게 돼서 미안하다는 말과 함께 셋이 일단 얼싸안는다. 문이 잘못이지, 나는 나를 구해준 당신들이 그저 고맙다. 방에서 쉬며 놀란 마음을 조금 달래야할 듯하다. 샤워를 한 번 더 해야할 정도로 식은땀이 흐르지만, 그냥 좀 참고 나중에 샤워해야겠다. 참고로 그 샤워실의 문은 다음 날 전부 교체가 됐다. 일주일 정도 머무르는 동안 나는 그 문들을 볼 때마다 괜히 미안하고 호텔 주인은 나를 볼 때마다 미안해한다. 그래도 덕분에 누군가 샤워실에 갇히는 일은 당분간 없을 테지. 또 이렇게 잘못을 한 기분이다.

## 아미 만세

"안녕!"

모로코에 오고 나서 삼 주 동안 한국 사람을 단 한 명도 만나지 못했다. 대부분 카사블랑카나 쉐프샤우엔 같은 곳에 가는 모양이다. 그런데 심지어 서사하라에서 누군가가 한국어로 내게 말을 걸 확률이 얼마나 될까. 그것도 파장 직전의 봄비는 시장통 안에서. 그런데 실제로 그런 일이 일어났다. 한 무리의 사람들이 손을 흔들며 한국어로 인사를 해오는데, 처음엔 내가 잘못 본 줄 알았다. 머리부터 발끝까지 딱 봐도 모로코 사람인데, 그들의 입에서 유창한 한국어가 나왔다. 내 머릿속에서는 인지부조화가 일어났다. 히잡을 쓴 세 친구는 내가 한국말을 알아듣고 인사를 하자 좋아서 난리가 났다. 내가 한국인이어서 이렇게 좋아하는 사람은 처음이다. 아시아 사람인 나를 보고 혹시나 해서 '안녕'이라고 했는데 진짜 한국인일 줄은 몰랐단다. 그런데 왜 이렇게 환호하는 걸까.

이 친구들의 이름은 '라이라', '잇산' 그리고 '파티마'이고, 모두 고등학교 2학년이다. 중요한 사실은 그들이 바로 '아미'라는 것이다. 군대는 군대인데 그 군대가 아니고, 방탄소년단 팬의 부대이다. 한국인인 나를 보고 환호했던 이유가 대화를 시작하고 약 3분만에 밝혀졌다. 그 뒤 3분은 서로 좋아서 방방 뛰며 소리를 질렀고. 사실은 나도 BTS의 팬이었던 터라, 이들의 인사와 환영의 연결고리인 BTS에게 격하게 감사해하며 우리는 친구가 됐다. 생각해보면 이제껏 친구가 되는 이유는 늘 이리도 소박하기 짝이 없다. 좁고 어수선한 골목길에서 서로를 알아보고 인사를 나누고 기뻐하던 우리는 연락처까지 교환하고 조만간 또 만나기로 했다.

하굣길에 나선 학생들의 얼굴은 어찌 저리도 고운지 모르겠다. 바닷가 근처의 커피숍에서 다시 만난 우리는 별별 이야기를 다 나눴다. 손가락까지 활용하면서 한국어로 모로코 여행이 "좋아?", "싫어?"라고 묻는 라이라에게 나는 좋아 쪽 엄지손가락을 누르는 흉내를 내며 세 번 좋다고 했고 라이라와 잇산이 한국어 공부를 유튜브로 하고 있다는 이야기도 들었다. 특히 라이라는 고등학교를 졸업하고 대학에 가면 꼭 한국에 교환학생으로 가고 싶다고 했다. 벌써 SNS를 통해 몇몇 한국 사람들과 교류를 하는 모양이다. 나는 라이라와 잇산에게 한글로 이름을 적어주고 라이라는 아랍어로 내 이름을 종이에 적어주었다. 한국에 돌아온 지금도 아직 그 종이를 지갑에 넣고 다닌다.

나는 라이라와 잇산, 그리고 멋을 내느라 뒤늦게 합류한 파티마에게 평소에 뭘 하고 노는지 궁금하다고 했다. 하교 후 자주 걷는 길이나 단골 음식점이 있으면 함께 가자고 했다. 흔쾌

히 아이들은 그러자고 했다. 얼마 전 우리가 처음 만난 시장통이 이 지역의 번화가였나보다. 눈에 익은 거리를 걷는다. 팬케이크와 비슷한 군것질거리를 먹기도 하고 과일 가판에서 파는 선인장 열매를 바로 잘라서 먹어 보기도 했다. 달고 맛이 좋았다. 씨를 뱉어내야만 했지만. 이 세 친구가 동네에서 꽤 인기가 좋은 모양이다. 수줍게 다가와 말을 거는 남자아이들이 꽤 많다. 그 모습을 보고 있으니 괜스레 내 마음에도 풋풋한 생기가 돈다. 나도 고등학생 땐 저런 맑은 표정을 지었던가. 아이들은 메신저로 수다를 떠느라 휴대폰을 한참 보기도 하고 낮잠 자는 아기 고양이를 구경하느라 발길을 멈추기도, 연예인 이야기를 하며 초롱초롱한 눈빛을 주고받기도 했다. 그 나이대 아이들 모습이다. 곱다. 함께 걸으며 발견한 그 표정들이 오래전 친구들의 모습 같고 좋아 보여 나는 카메라로 사진을 담아주겠다고 했다. 신이 난 아이들이 포즈를 어찌나 잘 잡는지 내가 굳이 입을 댈 필요도 없었다. 나중에 메일로 사진을 전해주겠다고 하자 "고맙습니다"라고 한국어로 답해주니 내가 더 고마워진다.

시장은 파장 준비를 한다. 우리도 헤어질 시간이 다가온다. 내가 다클라를 떠나기 전 시간이 된다면 한 번 더 만나자는 말과 함께 동네 친구들이 헤어지듯 각자의 집으로 돌아간다. 진짜 친구처럼 남은 이야기는 메신저로 더 하자고 했다. 나를 그렇게 대해줘서 진심으로 고마웠다. BTS에게도 고맙다. 덕분에 여행하며 좋은 친구들을 만났다. 라이라는 정국 씨를 좋아한다고 한다. 그냥 그렇다고.

\\\

# 라이언

라이언은 미국인이다. 그는 혼자 세계 일주 중이고 이제 막 스페인령 카나리아제도를 거쳐 서사하라에 도착했다. 우리는 다클라의 유명한 모래언덕인 '라 뒨 블랑슈(La Dune Blanche)'로 가던 길, 투어용 사륜차 안에서 만났다. 그는 한국에도 와본 적이 있다고 했다. 얼마나 머물렀냐고 물었더니 한 달 정도 여행했단다. 그중 절반은 서울에서 라식 수술을 하고 누워 있었고 이 주 정도를 돌아다닐 수 있었는데 내가 사는 부산도 여행했다며 사진을 보여주었다. 그는 부산의 명물 목욕탕 허심청에서 시원하게 목욕도 했고 비싼 동래파전도 먹었다. 나도 아직 못 먹어 봤는데. 그리고 서울에선 임진각에 갔고 DMZ열차를 타러 가던 길에 평양행 열차 안내 표지판을 봤다며 찍은 사진을 보여줬다. 나에게 한국인으로서 요즘 남북관계에 대해 어떻게 생각하냐고 묻길래 많이 뭉클하다고 했다. 나는 우리 대통령을 참 좋아하는데 미국인인 너는 미국의 대통령이 어떻냐는 놀림 섞인 물음에 라이언은 고개를 절레절레 젓는다. 킥킥거리며 시시껄렁한 대화를 하며 타조 농장에 도착했다. 입장료가 필요한 곳이었다. 나는 이 문구멍으로 보면 안이 보여 굳이 입장료를 내지 않아도 된다고 했다. 구멍 안으로 타조들을 보더니 어떻게 알았느냐며 박장대소하는 그에게 이 동네에서 사귄 한 아저씨가 며칠 전에 알려줬다고 했다. 입장료가 비싼 건 아니었지만 사실 나는 새를 별로 좋아하지 않는다. 우리는 투어를 마치고 숙소 앞의 카페에 가서 이야기를 마저 나누었다. 모로코식 커피 메뉴인 노스노스(Nosnos)를 권했더니 이름이 재밌다며 라이언이 웃었다. 왜 이름이 노스노스인지는 모르겠지만 달달한 마끼아또 같은 메뉴인데, 처음 마시는 거면 내가 사겠다고 했다. 주문한 메뉴가 나오고 라이언은 노스노스를 한 입 마셔보더니 흡족한 표정을 지으며 이제 모로코 카페에 가면 노스노스를 시켜야겠다고 했다. 이제 어디로 가느냐는 내 질문에 라이언은 곧 모리타니로 가서 세상에서 가장 긴 사막 열차를 탈 것이라고 했다. 나도 언젠가 한번은 타보고 싶었던 열차다. 나는 너처럼 즐거운 친구라면 당장이라도 따라가고 싶지만, 한국인은 비자 없이 모리타니에 갈 수 없다며 아쉬운 표정을 지었다. 게다가 이제 곧 나는 마라케시행 비행기를 타러 가야 한다. 시계를 확인한다. 라이언이 묻는다. 혹시, 이 시계가 안 맞는 걸 아느냐고. 나는 황당하다는 듯 휴대폰으로 시간을 보았다. 모로코와 서사하라는 원래 한국과 9시간의 시차가 있고 서머타임 적용이 됐을 때 8시간의 시차가 생긴다. 구글의 인공지능 선생님이 알려주는 이 시간이 서사하라의 시간이 아니냐고 묻자 라이언은 인터넷 뉴스 페이지를 보여주며 원래라면 오늘 서머타임이 해제됐어야 하는데 서

사하라와 모로코가 당분간 계속 서머타임을 유지하기로 하면서 조금 혼선이 있는 것 같다고 했다. 그러니까 내가 비행기를 제시간에 타려면 한시간 더 빨리 가야한다는 뜻이다. 아…… 다행히 아직 여유는 있지만 한 시간 도둑맞은 기분이다. 인공지능 선생님은 이쪽 아프리카의 일에 신경을 쓸 여유가 없으신가 보다. 라이언 네가 없었으면 오늘 비행기를 놓치고 미국을 미워할 뻔했다. 남은 여행에 대해 이런저런 이야기를 하다가 정말 공항에 가야 할 시간이 되었다. 내가 배낭을 만지작거리자 라이언은 다급하게 자신의 휴대폰을 뒤적거리더니 사진 한 장을 보여줬다. 한국을 여행하다가 공중화장실에서 종종 본 것인데, 이건 정말로 한국에서만 볼 수 있는 거라고 했다. 사진 속 장면은 공중화장실 세면대. 그리고 세면대 수전 옆에서 최신식 물비누 디스펜서 대신 꼬챙이에 꽂힌 새파란 비누가 다소곳하게 고개를 숙이고 쓰임을 기다리고 있었다. 겸허했다. 게다가 화장실도 무척 깨끗했다. 그 사진 한 장이 나를 부산 어딘가의 지하철 역사 안 화장실로 데려간 것만 같아 웃음이 터졌다. 나는 라이언에게 진지한 표정으로 이건 굉장히 클래식한 한국 공중화장실이라고 했다. 네 나라 대통령이 로널드 레이건 아니면 조지 부시였을 때쯤의 스타일이라고 하자 "음, 굉장히 보수적인 스타일이군"이라고 말을 거든다. 킥킥거리며 우리는 악수를 나눈다. 만나서 굉장히 반가웠어. 나도. 인스타그램에 사진 자주 올려줘. 남은 여행 잘하고. 건강하길. 굉장한 진심을 담백한 인사로 바꾸면서. 안녕, 라이언.

봄, 늦은 귀가

미국 / 부산

## 여행 일기

밤하늘이 감사히 여겨지는 날에는 글을 쓰고
햇살이 찬란한 날에는 마음껏 슬퍼해야 한다.
한갓 젊음을 탄식하되,
너를 사랑하는 일은 미루지 말아야 한다.

\\\

## 자, 이 길을 따라 마음껏

때로는 목적지보다 그곳에 가기까지의 길이 여행이 된다. 어디를 가느냐보다 어떤 길을 선택하고 또 어떻게 갈 것인지에 관한 질문으로 시작되고, 그 길을 따라 놓인 풍경과 사소함에 가까운 사건들이 결국 답이 되기도 하는. 그러니까, 보다 경섭(經涉)에 가까운 여행. 마음껏 달려도 좋을 길을 꽤 오래도록 바랐고 때마침 여기 미국, 서쪽 어딘가의 쭉 뻗은 하이웨이 위를 지나는 중이다.

십 대와 이십 대를 돌이켜보면 캄캄한 길뿐이다. 방과 후 친구들과 학원에 다니기 위한 길에는 매달 십만 원 조금 넘는 돈이 필요했는데 나는 우리 집안 형편에 그것이 무리인 줄 알면서도 가끔 엄마에게 울며 떼를 썼다. 안 된다는 말밖에 해줄 수 없는 밤, 엄마는 까만 방구석에서 유독 웅크린 잠을 서럽게 잤다. 엄마의 품속에는 어느샌가부터 아빠가 없고, 그렇게 친구들이 모두 학원을 가버린 나의 밤 길 위에는 도무지 무엇이 없다.

이십 대라 해도 사정이 그리 나아지지는 않았는데 적어도 대학교 수업이 끝나면 곧장 아르바이트를 하러 갈 수 있게 되었다. 비록 잠을 아주 많이 줄여야 했지만, 그래도 학비를 보태고도 생활을 할 수 있는 약간의 돈을 벌게 해주는 고마운 길. 다만 그 길 위에는 도시의 밤과 간판 불빛 같은 뿌옇고 허망한 것들이 늘 함께였는데, 때때로 늦별이 길을 비추어주기도 하여 나는 희미하나마 그 길을 따라 걷는 것이 좋았다.

사실 걷고 싶은 길이 많았다. 그러나 하고 싶은 일을 위해 맨몸을 던져 바다를 건너는 일보다 하굣길과 출근길이 이어지는 110-1번 버스와 35분이라는 시간이 당분간 끊기지 않는 일이 내게는 무척 중요했으므로, 그렇게 이상과 현실의 간극 사이에서 서성이던 걸음은 대부분 이상을 향하지도, 그렇다고 현실과 타협하지도 못한 채 어중간하고 꽤 긴 시간을 훑어 걸어간다. 서럽고, 무서웠다.

인생이 비록 캄캄한 비탈길의 연속일지라도 그래도 언젠가 한 번쯤은, 쭉 뻗은 길 위를 마음껏 달리며 단 며칠이라도 해방될 수 있다면 얼마나 좋을까 생각했었다. 달리고 싶을 때까지 실컷 달리고, 멈추고 싶으면 멈추고, 좋은 풍경이 보이면 다가가고, 아침 햇살과 밤하늘 별빛을 바라보는 일이 나의 의지에 달려 있고, 다가오는 일들을 다가오도록 허락하고 마음껏 겪어보는 여과 없는 길 위의 날들. 비록 현실은 그렇지 못하더라도 언젠가는 그리될 수 있으리라는 희망적 언어들과 그것에 관한 은유가 길 도처에 닿아 있는 그런 여행. 그래, 그런 여행을 나는 꿈꾸었다.

운이 좋았다. 갓 서른을 넘긴 젊은이가 지난 삼십 년을 재료로 삶과 여행에 관해 이야기를 하게 되었다. 남들은 평생 한 번 갈까 말까 한 미국 땅을 두 번째 밟게 되었다. 운이 좋아 먹고살 만해지고, 운이 좋아 여행작가라는 타이틀이 익숙해질 무렵이었다. 무엇보다 몇만 원이 없어 우리 가족이 오랫동안 짊어져야 했던 걱정들이 훨훨 사라져 나는 마냥 좋았다. 그렇게 차츰 걱정이 사라진 자리에는 잊은 줄 알았던 오래된 꿈이 도로 위의 이정표가 되어 있다. 하이웨이를 실컷 달리고, 실컷 보고, 질릴 때까지 운전해보겠노라 다부진 결심으로 운전대를 잡은 여행. 오래도록 쌓아온 마음은 한꺼번에 와르르, 지도 위의 길들 사이로 쏟아져 뻗어간다. 캘리포니아와 애리조나, 유타, 네바다…… 특별한 계획 변경이 없는 한 최소 3,945킬로미터를 달리기만 해야 한다. 가야 할 길이 멀어 오히려 다행이라고 지도를 보며 생각했다.

내비게이션은 나의 최단 시간 운전을 위해 소임을 다하지만 애석하게도 운전을 하며 다가오는 풍경이 주는 즐거움은 알지 못한다. 실컷 달리자고 왔으니 기왕이면 에둘러 돌아가는 길이 흥미롭게 여겨져 시간보다 공간을 위한 여정을 생각하겠다고 다짐한다.

운전대를 잡고 드디어 고대하던 하이웨이를 달린다. 첫 일정은 유타주와 애리조나주 사이에 있는 거대한 바위들의 골짜기, 모뉴먼트 밸리(Monument Valley)다. 대략 676킬로미터를 달려야 하는데 한 번도 쉬지 않고 달리기만 해도 꼬박 6시간이 더 걸린다. 꽤나 복잡한 라스베이거스 공항을 빙 둘러 벗어나 달리다 보면 불더시티(Boulder City)가 나타나는데 그곳에서부터 93번 도로가 시작된다. 비슷한 풍경들에 익숙해질 때쯤이면 진행 방향의 왼쪽에 미국 최대 규모를 자랑하는 후버댐이 콜로라도강과 함께 나타나는데 이는 미국 뉴딜 정책의 상징이기도 하다. 멀리 인공 호수인 미드호(Lake Mead)가 보일까 싶어 고개를 갸웃거려 보지만 도로 주변의 작은 언덕들이 이를 허락해주지 않는다. 나중에 알고 보니 후버댐의 이름은 원래 '불더댐'이었는데, 댐 공사와 관리를 위해 사람들이 모여 살기 시작한 곳의 이름이 바로 조금 전에 무심히 지나친 '불더시티'라고 한다.

다시 93번도로를 한참 달려 공사의 책임자였던 루이스 킹맨(Levis Kingman, 1845-1912)의 이름을 딴 작은 도시, 킹맨에 다다른다. 이곳 킹맨에서부터 동쪽 방향의 윌리엄스(Williams)까지 이어지는 길은 흥미로움으로 가득하다. 그저 이 길을 달리기 위해 수많은 사람들이 꽤 긴 여정을 거쳐 이곳에 닿는다. 미국의 역사가 오롯이 담겨 있다고 해도 과언이 아닌 이곳은 미국 최초의 동서 횡단도로이자 미국인들의 향수 그 자체, '히스토릭 루트66(Historic Route 66)'이다. 1926년에 완공된, 미국 역사상 가장 유명한 이 하이웨이 개통 이전에는 동과 서를 가로지를 수 없었다. 개통 이후엔 비교적 잘 살던 서쪽을 향해 정말 많은 이들이 이 길을 스쳐갔다. 그러한 서사가 3,945킬로미터의 길을 완성했고, 이야기가 되고, 노래가 되었다. 끝나지 않을 것 같던 길의 전성기는 그리 머지않은 미래에 더 새롭고 편리한 길이 대신하며 끝나버렸지만.

이렇게 미국 역사의 뒤안길로 사라질뻔한 루트66를 일부 구간이나마 보존하려는 사람들이 이곳 윌리엄스에 있다. 마을은 향수를 적극적으로 자극한다. 원색 계열의 페인트와 네온사인, 상점의 안내문, 창문, 주차장의 벽, 가로등…… 사방이 'Route 66'로 대표된다. 때때로 마주 오는 남루한 캠핑카와 보행자들을 보고 있으면 그들의 추억을 향한 하이웨이를 막 통과했다는 생각이 든다. 길의 전개가 곧 향수이고 역사가 되는 장면들, 그들의 역사는 이어 걸음한 사람들의 다음 이정과 함께 길을 따라 뻗어 나간다. 준비성 있는 여행자라면 보비 트루프가 쓰고 냇 킹 콜이 부른 히트 곡, 'Route 66(Get your kicks on)'를 담아가길. 특히 창문을 반 이상 내린 채 차에서 달리며 듣는 것을 강력히 추천한다. 나는 냇 킹 콜이 "Get your kicks——o—n—route—sixty-six"라고 세 번 반복하는 부분을 가장 좋아하는데 이 가사가 나올 때마다 따라 부르며 몇 음절로나마 루트 66의 순간을 점유하고자 가여운 노력을 했다.


추억 가득한 마을이, 사라진 줄 알았던 좋아하던 길이 눈앞에 다시 나타난다면 어떤 기분이 들까. 노래로밖에 시절을 추억할 수 없게 된다면 어떤 헛헛한 마음이 들지, 꽤 긴 행복도, 그와 비례하는 추억도 적은, 그저 서른이 조금 넘은 나는 잘 알지 못한다. 다만 "Get your kicks on Route sixty-six"나 세 번 외치면서 그들의 향수를 느끼는 척할 뿐. 리플레이 모드로 틀어놓은 노래

는 다시 처음으로 돌아가 반복되고, 나는 다시 길을 위한 여정
을 위해 운전대를 잡는다.

## 가장 어두운 밤과 어떤 상처

한 번의 시간대 변경선을 지나 길은 네바다에서 애리조나로, 잠시 유타로 그리고 다시 애리조나로 뻗어 나간다. 한낮은 한밤이 되었고 자동차의 헤드라이트는 이곳의 짙은 어둠을 쉬이 걷어 내지 못한다. 곧장 모뉴먼트 밸리 내에 있는 숙소로 향했다. 이곳은 나바호 보호 지역 내의 유일한 호텔인데, 밤이면 평원 위로 별이 뜨고 아침이면 해가 뜨는 모습을 호텔 발코니에서 오롯이 경험할 수 있어 유명하다. '나바호(Navajo)'는 아메리카 대륙의 원주민 부족 이름으로 현재 미국 내 존재하는 부족 중 규모가 가장 크다. 호텔 리셉션에서 처음 마주하게 되는 직원도 역시 나바호족이다. 어딘가 나와 조금 닮은 미소에 괜스레 안심하게 된다.

방에 들어가 짐을 푼다. 긴 운전 탓에 쌓인 고단한 기운을 긴장이 조금 풀린 그제야 알아차렸다. 조금 무거워진 걸음을 발코니로 옮겨본다. 평원 너머로 가득한 별이 오늘 하루를 보상해줬으면 하는 들뜬 기대로, 커튼을 젖힌다.

여행은 기대와 현실 사이의 간극에서의 좌절과 타협의 연속이라는 걸 매번 겪으면서도 늘 아쉬움의 지점에 이르러서야 상기해낸다. 여행의 극적인 순간은 누구에게나 찾아오지 않는다. 고대했던 것처럼 모뉴먼트 드넓은 골짜기 위로 은하수가 떠서 압도적인 풍경이 보이는 것도 딱히 아니었고 그렇다고 바람이 불 때마다 별들이 반짝이는 청명하고 청아한 장면도 아니었다. 오히려 카메라를 세팅하는 동안 낮은 구름이 몰려와 풍경을 온통 뒤덮은 희미하고 어두운 그런 순간이었다. 나바호 부족 거주지 방향으로 무심한 자동차 몇 대가 먼지를 잔뜩 내뿜으며 지나간다. 밤사이 다시 맑아질 기미는 전혀 보이지 않는다.

아쉬워 방과 발코니를 몇 번 드나들다. 마지막 기대마저 내려놓은 뒤 카메라가 아닌 두 눈으로 밤을 담는다. 눈이 어둠에 익숙해질 때까지 가만히 시선을 내버려두는 시간이 조금 필요했다. 눈으로만 허락된 밤의 모습은 모든 것이 태어난 그대로의 모습으로 적요하다. 그 고요도 날것 그대로다.

밤이 묵묵히 길을 걸어간다. 어딘가 고단해 보인다. 그 언젠가의 아빠 같기도 하고, 엄마 같기도 하고, 동생 같기도 하고, 매일 아르바이트 유니폼을 욕실 맨바닥에서 손으로 빨며 울던 나 같기도 하고, 모두 아닌 것 같기도 하다. 그 고단함이 나와 내 가족의 인생에 어떤 의미로 남은 숙제였는지, 이제 우리 가족은 숙제를 끝내고 마음껏 쉬어도 되는 것인지, 오는 밤처럼 막을 수 없는 끊임없는 질문을 허공에 던지며 꼬박 밤을 새웠다.

아침은 가장 어두운 밤을 스치고 온다. 아르바이트를 마치고 집으로 돌아가는 스물하고도 이후 몇 년의 수두룩한 길 위에서 익힌 사실이다. 서로를 바짝 붙들고 있던 모뉴먼트 밸리의 평원과 진한 구름 사이를 아침이 비집고 들어올 때 다시금 알게 되었다. 숱하게 보았던 아침의 모습을 지구 반대편에서 보고 있다. 서서히 스미는 밤과 달리 미국 서쪽의 아침은 평원 위 뷰트(Butte)와 메사(Mesa) 위로 왈칵 쏟아진다.

나바호족의 치유사는 아픈 사람을 위해 회복 기도를 외워주었다고 한다. 그들의 기도문은 마치 노래와 같은 운율과 리듬이 있어 힐링 송으로 불리기도 한다. 그들의 신은 아픈 자의 발과 다리, 몸과 마음의 고통을 멀리 가져가는 존재이다. 기도문에는 은유가 가득하다. 아프기 이전처럼 사뿐히 걸을 수 있게 되는 상황을 이전의 나보다 행복하고 아름다워진다고 표현했다. 나는 그들의 땅 위에서 이 아침으로 그 기도를 마주한 것만 같다.

어쩐지 드문드문 황무지 위에 아침 빛이 그어 놓은 길이 희미하게 보이는 것만 같고 나는 다리가 다쳤다가 나은 것처럼 가뿐히 걸을 수 있을 것 같다. 아침이 내린 풍경 위로 희망적인 은유가 닿아 있다. 가야 할 길은 아직 한참 남았으나 잠을 푹 자도 오늘 일정에는 지장이 없을 것이다. 하루를 안심했고 결국엔 어떤 길을 걸어도 괜찮을 것 같은 여행과 인생을 생각했다. 실컷 달리고, 아프고 울더라도 다시 일어나기만 하면 된다는 걸, 지나온 모든 길에는 이유가 있다는 걸 까마득한 길 위에서 생각한다. 볕에 드러낸 상처들이 아물어가던 아득한 서쪽 길 위에서의 아침. 무언가를 향해 하이웨이를 달리는 한 이번 여행은 계속될 것이다.

\\\

May it be beautiful before me.

May it be beautiful behind me.

May it be beautiful below me.

May it be beautiful above me.

\\\

## 우리는 단지 햄버거를 먹고 싶었을 뿐이다

조슈아트리 국립공원을 며칠 제대로 둘러보기 위해 선택한 숙소는 '트웬티나인팜스(Twentynine Palms)'라는 작은 마을에 있다. 조금만 차를 타고 들어가면 국립공원이라는 것이 큰 장점이지만 대신 마땅히 먹을 만한 식당이 없다는 사실이 크게 아쉬웠다. 며칠째 제대로 된 식사를 하지 못한 우리는 피폐해져 갔다. 왜 자본주의의 대장 나라에서 돈 쓸 겨를도 주지 않는 것이냐. 우리는 돈을 쓰고 싶다. 천조국의 자본주의를 맛보고 싶다!

구글 지도를 열심히 괴롭히니 숙소에서 대략 10킬로미터 떨어진 곳에 그토록 원하던 햄버거 가게가 있음을 순순히 자백한다. 심지어 내가 가장 좋아하는 햄버거 체인인 '파이브가이즈'다. 진즉 검색해볼걸. 두근거리는 마음이 자동차 엔진 소리가 되어 2,000아르피엠으로 나아간다. 햄버거를 향해. 햄버거는 소중해. 햄버거가 최고시다. 햄버거야 사랑해. 외쳐, 햄버거!

그런데 목적지 약 2킬로미터를 남겨두고 예상치 못했던 난관이 우리 앞에 나타났다. 검문소처럼 보이기도 하는 것이, 일단 그냥 지나칠 수 없는 구조라 차를 세웠다. 군복을 입은 한 남

\\\

자가 무서운 얼굴로 이 안에 무슨 일로 가느냐고 묻는다. 가족이 저 안에 있어? 아님 친구가 안에 있어? 응? 우리가 향하는 곳이 대체 어디길래, 나는 왜 이 길 위에 서 있나, 누구를 위한 길인가, 대답할 겨를도 없이 이런저런 말을 영어로 빠르게 쏘아붙여서 어버버거리고 있는데 순간 '패스'라는 단어가 들렸다. 아, 통행증이 있어야 하는 곳이구나, 생각하던 찰나 조수석에 앉아 있던 일행이 나와 같은 단어를 들은 모양인지 재빠른 손놀림으로 어제 70달러 주고 구입한 국립공원 연간 패스를 당당하게 들이밀었다. 아니, 잠깐만, 그거 아닌 것 같아 친구야. 역시 그가 원한 대답은 이게 아닌가 보다. 표정이 더 안 좋아진 남자는 일단 차를 저쪽 구석에 세우라 한다. 그리고 답답한 모양인지 옆에서 이를 지켜보던 다른 군인이 자기가 한 번 해보겠다는 제스처를 취하고 다가왔다. 다행히 그의 영어는 발음이 좀 더 명확하고 느려서 알아들을 수 있었다.

"너희 어디 가는 길이야?"

"우리는 간다. 파이브가이즈. 나는 믿었다. 구글……"

요즘 말로 순간 빵 터진 군인은 그제야 우리에게서 경계를 풀며 껄껄거리며 웃기 시작했다. 그리고 내가 알아들을 수 있는 쉬운 말로 여기부터 이 안쪽은 군부대라고 설명한다. 아, 그래서 출입증을 물어본 거였구나. 미국의 최고 자존심인 군부대 안에 들어가려고 시도하면서 국립공원 패스를 다짜고짜 들이대는 이 한국의 멍청이들을 보며 그들은 얼마나 답답했을까. 나는 오버스럽게 두 손을 모아 미안하다는 표시를 했다. 천조국의 우방국인 대한민국 국민으로서 당신들에게 큰 실례를 했다. 처음 내게 다가왔던 무서운 군인도 뒤에서 이야기를 듣고 있다가 함께 웃기 시작했다. 애써 미소를 띠고 있지만 사실 창피해 죽을 맛이다. 차를 돌려 나가면서 우리는 군인들에게 여러 차례 미안하다며 손을 흔들었다. 사이드미러로 보이는 그들은 아직도 낄낄거리며 웃고 있다. 아, 우리는 단지 햄버거를 먹고 싶었을 뿐이다. 구글 지도는 군부대 안으로 우리를 친절히 모셨을 뿐이고, 우리에게 또 하필 국립공원 패스가 있었던 것이고. 성스러운 햄버거 로드는 그렇게 순순히 좌절되었다.

국립공원 패스를 내민 손이 부끄러워 잘라버리고 싶다는 친구와 함께 돌아가는 길에, 아마 오는 길에도 있었을 거대한 사인물 하나가 보인다. 굉장히 굵고 명료하며 근엄한 글꼴로, 이렇게 적혀 있다. '미 해병대 공지전투본부(Marine Corps air ground combat center).'

\\\

## 혼자 걷는 길을 좋아하지만

조슈아트리 국립공원에 있다. '숨겨진 계곡(Hidden Valley)'이라는 트레일을 따라 걸으며 걸음의 속도로 다가오고 사라지는 낯선 장면들을 만끽하는 중이다. 성격이 급한 나는 서둘러서 이 안의 모든 풍경을 발견하고 또 읽어내고 싶지만, 사막의 기질이란 쉬이 뜨거워지는 것이어서 정오가 지난 지금은 도무지 속도를 낼 수가 없다. 그래도 마음 놓고 천천히 걸을 수 있는 이 길이 좋다. 혼자 걷는 길이라면 더욱. 내가 너무 빨리 걷는 건 아닌지, 혹은 뒤처지고 있어서 민폐는 아닌지 신경 쓰지 않아도 좋으니까.

인생이 소설이라면, 여행은 시에 가깝다는 생각을 오래 하고 있다. 걸으며 심심하니까 감히 해보는 생각이다. 마치 조약돌처럼 놓인 메타포와 시인이 오래 마음에 두었을 마침표와, 그리고 맑게 흐르는 여백 아래에서 우리는 얼마나 마음 놓고 울었나. 그런데 여행을 하다보면 예기치 않은 순간에 시인의 문장 같은 장면을 종종 만난다. 선인장이라던가, 자갈이라던가, 사막토끼라던가, 사막의 건조함처럼 나와 관계없던 존재들이 여행을 이유로 잠시 관계를 맺고, 이는 어떻게든 내 삶 쪽으로 뻗어간다. 전혀 상관없던 단어들이 되려 삶을 슬슬 들추는 거다. 혼자 걷는 길 위에서 나는 자주 그리운 얼굴들을 떠올리고 고독을 생각한다. 그리고 오늘은 사막 위에 튼튼히 뿌리 내린 나무 한 그루를 보며 당신을 오래 생각했다.

그리고, 여전히 혼자 걷는 일을 좋아하지만 세상엔 둘이 아니면 할 수 없는 일도 있다는 걸 생각한다. 그 사실을 당신을 만나고 배웠다. 그 무수하고 기꺼운 일들을 우리가 함께할 수 있다고 생각하면 앞으로 우리가 함께할 여행을 고대하게 된다. 내가 뒤처지거나 당신이 조금 빠르더라도, 당신과 함께 걷는 길은 괜찮다. 당신과 내가 서로를 염려하고 노력하는 길임을 믿어 의심치 않는다. 우리가 그 길 위에서 어떤 문장들을 만나게 될지, 또 어떤 여백 위에서 진실로 서로를 마주할 수 있을지 나는 무척 궁금하고 설렌다.

## 당신에게

우리 사이는 쉬이 반짝이고 금세 흘러가는 냇물이기보다 점점 깊어지는 바다이기를. 고요히 순류하는 깊음이기를. 내가 여름이고 당신이 겨울일 때, 나의 사랑과 당신에 대한 존중이 부디 우리를 잇는 여백과 계절이 될 수 있기를. 내가 당신을 향하듯 당신도 나를 향하고 있음을 알아차릴 수 있는 지혜와 시선을 잃지 않기를. 내가 나여도, 당신이 당신이어도 '우리'라는 말을 해치지 않는 사람에게.

## 떠나지 않아도 괜찮아

남들 다 가는 런던 파리 뉴욕 좀 안 가면 어떤가. 왜 SNS를 보면서 허탈감을 느끼고, 세계 몇 개국을 가보았냐는 물음에 주눅이 들어야 하나. 이곳에 가지 않는다면 평생 후회할 거라고, 어차피 인생 한 번뿐이니까 뒷일 생각 말고 즐기라는 사람들의 말을 나는 이제 믿지 않는다. 회사를 그만두고 여행을 떠난 사람들의 여행기 끝엔 사실 먹먹한 일상과 후회가 자리 잡기도 한다는 걸 안다. 실은 내 이야기다. 여행은 짧고 인생은 훨씬 기니까. 오직 여행만이 당신에게 깨달음을 주고 구원할 수 있다고 믿는다면, 사실은 그 무엇도 깨달을 수 없고 또 그 어떤 것도 당신을 구할 수 없을 거다. 당신의 모든 문제는 일상에 있고 해결 방법은 언제나 당신 곁에 있다. 행복도 물론 여기에 있고. 모든 문제의 해결을 여행에 떠넘기지 말기를.

나는 당신이 여행을 가지 못한다고 해서 불행하다고 생각하지 않았으면 좋겠다. 여행이 아니어도 괜찮잖아. 정말 괜찮아. 여행하지 않는 당신도 충분히 멋지고 사랑스러우니까. 당신만의 파도를 타고, 당신만의 사색을 하고, 당신만의 호흡을 하고,

당신만의 인생을 살기를. 그리고 내면의 모험을 즐기기를. 그런 다음에 사랑하는 사람들과 함께 여행을 떠나기를. 당신만의 눈빛으로 배낭을 멜 수 있을 때, 삶이 당신의 것이 되었을 때.

# 비행기

돌아가는 비행기 이코노미석 창가 자리에 앉아 있으면 도무지 아무것도 할 수가 없다. 잠이 들지도 못하고 영화를 볼 수도 없고 심지어 기내식을 즐기지도 못하는데, 이는 나의 오랜 불치병이다. 엔진 소리를 딛고 나아간 창문 너머는 작아지다가 작아지다가 기어이 사라지는 슬픈 세계. 곡선으로 서로 아옹다옹하다가, 언제부턴가 인간의 대지 위를 보란 듯이 저어 가는 비행기의 궤적은 길의 관념이다. 잠들 수 없는 밤과 이름을 몰라 품지 못하는 별은 형벌이다. 다른 바다에 쉽게 마음을 내어준 죄로 나는 아주 빠르게 잊히는 벌을 받는 중이라고 생각했다. 그제야 진짜로 그리운 것들이 떠올라 나는 아침이 오는 줄도 모르고 울었다.

\\\

## 우리의 세계

'핵인싸'와는 먼 인생. 먼 정도가 아니라 정반대에 있다고 생각될 정도이다. 가끔은 안쪽에 있는 느낌이 궁금해서 애쓴 적도 있다. 때때로 상황이 그렇게 나를 몰아가기도 했다. 사교성이 좋은 사람인 척, 무엇이든 다 잘 해내고, 원만하고 성격 좋은 사람인 척.

직장 생활을 그리하다가 지쳐 나가떨어졌다. 불편했다. 내 꼴에 비해 너무 맞지 않는 틀에 맞추려, 지나치게 애를 쓰고 있었던 거다. 한계를 마주할 때마다 차츰 알게 된 것 같다. 내가 서 있고 싶은 곳이 어디인지, 스스로 덧대고 노력할 수 있는 부분은 무엇인지, 감당할 수 있는 건 어디까지인지, 노력으로도 극복하지 못하는 건 무엇인지를.

코흘리개 배드민턴 선수 시절, 눈에 보이는 패배를 알게 되었다. 경기 스코어는 너무나 명확하게 알 수 있는 지표. 나보다 재능이 대단한 사람들이 많다는 사실을 인정해야만 했다. 영영 그만두기로 하면서 태어나 처음으로 나에게 실망했다. 수업을 마치고 하루 대여섯 시간을 운동만 해도 나는 1등이 될 수 없었고, 그 패배와 한계를 받아들이는 데 시간이 제법 걸렸다. 배드민턴뿐만이 아니었다. 입시에 실패하고, 인생에 치이고, 좋아하던 커피 일을 관두고 결국 보통의 직장인이 되고, 연애에 실패하고, 사내 정치에 질려 이젠 더는 못 해먹겠다 싶을 때 또 한계를 인정하며 무릎을 꿇어야만 했다.

그제야 뒤를 돌아본다. 그나마 위안인 건 걸어온 만큼은 내 세계가 되어 있다는 것. 온통 실패의 역사이지만, 내 꼴이 어울리고 마음 편한 곳이 어디인지 이제 조금 알 수 있다. 그 지점으로 다시 돌아가 또 무엇을 시작하면 되더라. 문득 생각했다. 아무것도 하지 않았으면 실패도 없었을 테지, 그러니 내 인생에 적용될 해설집의 한 페이지를 썼다고 생각하자, 하고. 그렇게 한계를 극복하거나 좌절할 때마다 또 온갖 감정들을 겪어야 하겠지만 그래도 조금씩 나의 세계는 넓어지리라, 그 안에서 오며 가며 결국 내 자리를 찾으리라 믿을 거다. 자존감이 썩 높은 편은 아니라 조금 오래 걸렸다. 우리 자책하지 않기로 약속하자. 오늘도 우리는 우리의 세계를 넓혔을 뿐이다.

# 최초의 기억

어떤 인터뷰에서 사진에 관한 최초의 기억을 이야기하다가 왈
칵 눈물이 쏟아져 곤욕스러웠던 적이 있다. 생각지도 못한 질문
이어서 되뇔 시간이 조금 필요했지만, 그만큼 명료한 기억이 또
있을까 싶은 강렬한 지점 하나를 발견하고는 아주 천천히 말을
이어가기 시작했던 것 같다. 시점 속 나는 중학생이고 아직 카
메라가 없다.

　친구들이 모두 학원에 가버린 하굣길 위에서 혼자 걷는 법
을 배웠다. 혼자 걷는 법은 말 그대로 자연스럽게 혼자 걷는 일
을 말한다. 친구 없어도, 차로 데리러 오는 유난스러운 엄마가
없어도 의연하게 걸어야 고개를 푹 숙이게 하는 못된 외로움을
물리칠 수 있으니. 혼자여도 당당해야 했다. 대신 길 위에는 놀
이터도 있고 야생화도 있고 백 년 훨씬 넘게 산 나무들도 있고
예쁜 하늘도 있다. 특히 학원에 갇혀 있는 불쌍한 친구 녀석들
은 절대 볼 수 없을 이 멋진 하늘을 나는 실컷 볼 수 있어서, 어떤
날에는 나무 밑 벤치에 누워 가만히 저녁 내내 눈에 담은 적도
있었다. 그날은 무슨 생각인지 두 손으로 네모를 만들어 하늘

\\\

쪽을 향해 두었다. 손가락 네모 속에 담긴 하늘이 내게서 유일한 것이 되던 순간, 최초의 프레임 속 세계를 발견한 나는 태어나 처음으로 무언가를 해보고 싶다는 뭉클하고 강렬한 욕구를 떠올렸다. 지금 바라보고 있는 순간과 마음을 그대로 정지시켜서 오래도록 잊지 않고 기억할 순 없을까. 잊히지 않도록. 모두에게서 잊히지 않았으면 좋겠다고, 내가 기억하고 싶다고. 어린 손으로 만든 프레임 속 세상은 서툴고 불안하고 애틋했으며, 어쩌면 어린 나는, 내가 잊히지 않았으면 좋겠다고 생각했는지도 모르겠다.

카메라가 생기기도 전에 느꼈던, 지금도 생생한 마음의 장면을 이야기하며 눈물을 보인 건 아무리 생각해도 미안하다. 나는 무엇이 그렇게도 애틋하고 안타까워서 눈물을 보였을까. 나를 인터뷰하던 작가님도 무척 당혹스러웠을 것이다. 그래도 작가님의 질문 덕분에 어쩌면 오래 묻어두었을 내 사진에 관한 시작을 딛을 수 있게 되었다. 오래도록 고마워하리라. 그 불안하고 아름다운 세계를 다시 만날 수 있게 해주어서.

## 나만 있어, 고양이

우리는 집 앞 공원에서 처음 만났지. 내가 아니었을 어떤 사람의 냄새를 애타게 찾던 너와 눈이 마주쳤을 때, 조금 쌀쌀했던 그날 밤공기 같은 네 모습에 나는 희한하게도 주저앉아 너와 눈높이를 맞추고 싶어졌어. 너는 나에게 다가와. 인간이 얼마나 무서운 존재인 줄도 모르고. 바보 같은 고양이. 혹시 네가 찾던 그 사람의 냄새가 날까, 하는 기대는 곧 실망이었을까. 잔뜩 웅크린 몸이 안쓰러워. 이제 막 이별했겠구나 너는. 눈동자 속에 그 사람이 아직 살고 있어. 애야, 곧 이곳엔 겨울이 와. 추울 테야. 이불 대신 겨울을 덮고 자기에 네 작은 몸은 너무나 연약해 보여. 네가 마주할 세상을 염려하다가, 이 밤 그 걱정을 내가 거두어줘도 괜찮을까 생각해. 지붕이 되어주고 싶다고 생각해. 나는 고양이와 함께 살아본 적이 한 번도 없어. 그래도 괜찮겠니. 무척 서툴고 모자랄 텐데. '까미야'라고 부를게. 괜찮다면 대답해줘. 너는 대답 대신 내가 내민 손을 잡아. 그렇게 우리는 가족이 돼.

　호기심이 많은 만큼 겁도 많은 나의 까맣고 맑은 달밤 같은

\\\

고양이. 네가 내게 온 뒤로 내 세상엔 새로운 것들로 가득해. 내게 허락해준 촉감과 냄새와 그리고 너의 언어들, 함께 아침볕을 쬐며 나누는 마음까지. 그 작은 몸에서 나는 태산 같은 위로를 받아. 너도 그랬을까. 여행을 하며 너를 자주 생각해. 세상의 모든 고양이를 만날 때마다 나는 너를 만난 것만 같아. 너는 언제 태어났을까, 네가 아기였을 땐 어떤 모습이었을까. 언젠가 내가 물었던 말들에 대답하듯, 너는 이곳에서 찬란히 살아가고 있는 것만 같아. 세상의 모든 고양이들이 모두 네 고마운 대답이야. 재잘거리기 좋아하는 나의 고양이. 내게 하고 싶었던 대답이 무척 많았던 모양이야. 고마워. 너무나 고마워. 내 손을 잡아줘서 고마워. 얼른 이 여행을 마치고 집으로 돌아가 너를 만날게. 내가 만난 대답이 어땠는지 네게 다시 들려줄게.

# 아빠의 여행

열세 살이었던가, 혹은 열네 살 되던 해였던가. 이제 막 사춘기를 시작한 나는 동생만 예뻐한다며 아빠에게 자주 투정을 부리고 세상 가장 못난 얼굴을 보여주곤 했었다. 그 때문이었을까. 점점 집에서 함께 식사하는 일이 줄다가, 아빠는 만날 수 없는 사람이 되어버렸다. 엄마는 내가 아직 어리다고 생각했는지 이유도 알려주지 않았다. 엄마가 속상해할까 봐 나는 아빠의 안부를 굳이 묻지 않았다. 하루면 될까, 일주일이면 될까, 그때 나는 실망이라는 마음을 배웠고 우리는 슬퍼할 겨를도 없이 이별했다. 나는 애써 아빠가 조금 먼 여행을 떠난 거라 생각하기 시작했다. 그렇게 생각하면 견딜 만했다. 세상의 멋지고 신기한 것들을 마주하느라 아직 저 현관문을 열고 들어오지 못하는 거라고, 언젠가 꼭 돌아와 당신이 겪은 모험담을 들려줄 거라 믿으며 나는 기다렸다. 그래도 아주 가끔 우리는 해묵은 안부를 물어도 좋았으리라. 어쩐지 나는 아빠의 얼굴을 점점 닮아간다. 차마 이야기할 순 없었지만. 그렇게 십오 년, 아빠는 십오 년의 긴 여행을 마치고 드디어 우리가 함께 사는 집 현관문을 열었다.

아빠, 여행은 어땠었나요? 자그마치 십오 년이나 걸렸다고요. 그 긴 시간 동안 우리가 보고 싶었으면 조금 더 빨리 여행을 마치지 그랬어요. 나는 아빠가 무척 보고 싶었어요. 어서 현관문을 열고 들어오세요. 소파에 앉아 야구 중계를 보는 제 옆에 와서 함께 티브이를 봐요. 매일 매일. 당신의 고단한 몸을 제 옆에 잠시만 두세요. 제가 이젠 옆에 있어 줄게요. 오래오래. 고단할 테니 여행담은 내일 들을게요. 오늘은 그냥 이렇게 있어요. 아빠. 아빠. 고마워요. 미안해요. 많이 보고 싶었어요.

\\\

# 서툴지만
# 푸른 빛

**지은이** 안수향
**펴낸이** 주연선

**1판 1쇄 인쇄** 2019년 11월 22일
**1판 1쇄 발행** 2019년 11월 29일

**ISBN** 979-11-89982-63-8 03810

**총괄이사** 이진희
**책임편집** 최민유
**표지 및 본문 디자인** 스튜디오진진
**마케팅** 장병수 이한솔 강원모 이선행
**관리** 김두만 유효정 박초희

*Lik-it*

04035 서울특별시 마포구 양화로11길 54
**전화** 02)3143-0651~3 | **팩스** 02)3243-0654
**신고번호** 제 1997-000168호(1997. 12. 12)
www.ehbook.co.kr
lik-it@ehbook.co.kr
www.instagram.com/lik_it

잘못된 책은 바꿔드립니다.

* 라이킷은 (주)은행나무출판사의 애호 생활 에세이 브랜드입니다.